男爵家の嫌われ令嬢

—聖女のための学園に入学したら、忌み神様の花嫁に選ばれました!?—

梨　沙
R I S A

一迅社文庫アイリス

CONTENTS

ディアグレス
死を司る神。黒髪に黒の瞳。黒ずくめの衣装に仮面をつけ、一見すると魔物のような姿をしている。神々の中でうとまれている。
アリア・アメリア
男爵家の四女。婚外子で家族からは嫌われ孤立している。白金の髪に紫の瞳。姉の身代わりとして、全寮制の学園に入学することになった。自己評価が低い。
男爵家の嫌われ令嬢
聖女のための学園に入学したら、忌み神様の花嫁に選ばれました!?
characters profile

ハロルド・エルファザード
帝国の第六王子。赤毛に緑の瞳。人懐っこくふるまっているが内面は辛辣。

アーロン・クック
ハロルドの従者。茶髪に茶色い瞳。眼鏡をかけた沈着冷静な人物。

シーザー
魔物の青年。森で傷つき倒れていたところをアリアに保護された。

ルシエル
光を司る神で大神とも呼ばれる。神々の父であり、はじまりの神。金髪に金の瞳の派手な容姿をしている。

グランデューク
大地を司る神。茶色い短髪に緑の瞳。長身で立派な体躯の美丈夫。大神を敬愛し盲信している。

シルキアイス
水を司る神。淡い水色の髪に藍色の瞳。氷の美貌を持つ沈着冷静な神。鋭利な刃物のような雰囲気。

エステラード
大気を司る神。金髪に赤い瞳。派手な衣装と女性のような口調のマイペースな神。きれいなものを好む。

用　語

エルファザード帝国	帝王が統治する大国。隣接する二つの小国を属国とし、領土の多くを聖域で囲い、王城を神域で覆う武装国家。
神々の大樹	世界の中心に存在する神域にある巨木。帝国を含め、神々の大樹を囲うように七つの国(精霊使いの国、魔道士の国、農業国家など)が存在する。
神々	基本的には神々の大樹の上で暮らし、雨とともに降臨する。寵愛した者に権能を与えることができる。
聖エルファザード学園	魔物と戦うための聖職者育成機関。全寮制。
魔物	人を襲う異形の者たちの総称。心臓の代わりに〝核〟が存在する。

イラストレーション◆鳥飼やすゆき

The hated daughter of a baron

男爵家の嫌われ令嬢―聖女のための学園に入学したら、忌み神様の花嫁に選ばれました!?―

序章　少女と人ならざる者

雷は先触《さきぶ》れの鈴である。

恵みの雨とともに神が地へ降り立った合図だと言われる。

本来なら歓迎すべき事象だが、馬車の小さな窓から雷雲を眺めるアリア・アメリアにとっては限りなく憂鬱《ゆううつ》なものだった。

（ここはどこかしら）

粗末《そまつ》な馬車に押し込められ、走ること二日。食事の際に外に出してもらえたが、それ以外のほとんどを車中で過ごした彼女は、自分がどこにいるのかさえ知らずにいた。いくつか町を通り過ぎたのは知っている。今馬車が森を走っているのも窓から確認できる。だがそれだけだ。御者《ぎょしゃ》に訊《き》いても答えはなく、いつ目的地に着くのかすらわからない。

小さな窓は叩《たた》きつける雨でやがてなにも見えなくなり、アリアは溜息《ためいき》とともに目を伏せた。

しばらくして唐突に馬車が停《と》まった。

夕食の時間にはいささか早く、外はまだ明るい。

胸騒ぎにアリアはぎゅっと重ねた手に力を込めた。

「とっとと降りろ！　畜生、手間かけさせやがって！」

ドアを開けた御者が乱暴にアリアの手をつかみ、雨の中に引きずり出した。

悲鳴をあげて倒れ込むアリアに見向きもせず、御者は荷台から古びたカバンを取り出すなり
「お前の荷物だ」と投げ捨てた。泥水が跳ね上がり、灰色の髪にかかる。ようやく起き上がったときには、御者は御者台に戻り馬首《ばしゅ》を返していた。

「待ってください！　ここは……」

アリアの声を振り切って馬車が走り出した。

激しい雨に全身を打たれながら、アリアは茫然《ぼうぜん》と馬車が去った方角を見る。濡《ぬ》れた髪が顔に貼り付き、冷たい雨が急速に体温を奪っていく。

「ここは……？」

目的地は国が運営する全寮制の学園だ。しかし近くにそれらしき建物はなく、深い森が広がるばかり。木々は雨にけぶり、垂れ込めた雲のせいで昼間なのに視界が薄暗い。

アリアはのろのろと立ち上がり、カバンをつかんだ。

（誰《だれ》もいない――）

そう思った瞬間、ぞくりとした。

（町に戻らないと）

森は魔物の生息地だ。ここにとどまれば魔物に襲われてしまう。

来た道を戻ろうとアリアは足を踏み出した。

直後、視界が真っ白に焼けた。

轟音《ごうおん》とともに地面が揺れ、アリアはとっさにその場にしゃがみ込んだ。どこかに雷が落ちたのだ。それも、ごく近い場所に。繰り返される落雷に心臓がバクバクする。

両手で耳をふさぎぎゅっと目を閉じ、乱れる呼吸を落ち着けようと必死で深く呼吸をする。

(だめだわ。魔物が来る前に聖域の中に行かなくちゃ)

森は危険だ。誰もが魔物を恐れ、どうしても森に入らなければならないときは傭兵《ようへい》を雇うか聖職者を同行させていた。

森でときおり見つかる遺体は、性別さえわからないほど食い荒らされているという。

噂話《うわさ》を思い出して顔を上げると、いつの間にか目の前にあった道が消えていた。

しゃがんだ弾みで体の向きが変わったのかと四方を見回したが、足下にある轍《わだち》は鬱蒼《うっそう》とした森に向かってまっすぐ延びていた。木々が移動し道を隠したといわんばかりの光景だった。

「ど……どういうこと……?」

唖然《あぜん》としてから慎重にもう一度辺りを見回し、木々が作り出す濃い影が不自然に動いていることに気づく。

「――あ……」

深く暗い森の奥に鳥のような顔をした魔物が一匹、こちらの様子をうかがうように立っていた。魔物の両目はぽっかりと空洞になり、尖《とが》ったくちばしが泥で汚れている。よく見れば闇《やみ》を編み込んだように暗い全身は泥まみれで、地中から生まれたばかりに見えた。

アリアが後ずさると魔物はその分近づいてくる。二歩下がれば二歩、三歩下がれば三歩、魔物が間を詰めるのだ。

（あ、遊んでいるんだわ。このままじゃ食い殺される……!!）

魔物は人が弱い生き物だと知っている。どれほど抵抗しても、それがささいな反撃にしかならないことをよく心得ている。

そしてアリアには逃げるための馬車はなく、戦うための武器もない。魔物にしてみれば格好の獲物だ。生きたまま腸を引きずり出され、少しずつ食われていくおのれを想像し、体が芯《しん》から冷えた。

手足が強《こわ》ばり、息すら詰まる。

――逃げられない。

そう悟った。

第一章　閉ざされた学園

1

眼裏《まなうら》が三度白く染まる。

とどろく雷鳴、ビリビリと肌を弾《はじ》く衝撃。

（逃げなきゃ。立って走らなきゃ）

わかっている。だけど恐怖がすべてを支配し、アリアは目をぎゅっと閉じ、両耳をふさいでその場から動けずにいた。

魔物がアリアの前で立ち止まる。気配だけでそれが伝わってくる。

心臓が壊れそうなほど激しく胸の奥を叩《たた》く。引き裂かれ、間もなく止まるであろう鼓動──恐怖に麻痺《まひ》した頭で、アリアはその瞬間を待った。

けれど、激痛はなかなか訪れなかった。

怖々と目を開けると、魔物はアリアに見向きもせず、ずぶ濡《ぬ》れのカバンをつかんでいた。そして、瞬く間に遠ざかっていってしまった。

予想外だ。魔物がカバンに興味を持つなんて思わなかった。

「ま、待ってください。その中に食べ物は入っていません！　わたしの服が入っているだけです。待って……せめて入学証だけでも返していただけませんか？」

アリアは真《ま》っ青《さお》になった。

「入学証がないと聖エルファザード学園に入学できないんです」

雷雲に怯《おび》えながらもよろよろと立ち上がり、アリアは魔物を追いかけた。魔物を追うなんて正気ではない。けれど、このまま魔物を見失えば入学証が取り戻せなくなってしまう。

父の命令でここまで来たのだ。入学せず男爵家に戻ればどれほど叱責《しっせき》されるか。

「お願いします。入学しないと父さまに叱《しか》られてしまいます」

魔物がぴたりと足を止める。言葉が通じるのかと安堵《あんど》したが、魔物はカバンを顔の高さまで持ち上げ、きゅっと首をかしげるなり再び歩き出した。

(だめだわ、通じてない！)

アリアはますます青くなった。雨の森に放り出されたことだけでもショックなのに、さらに荷物まで失うわけにはいかない。

「待ってください！　入学証を……あ……っ」

夢中で魔物を追いかけていたら草に足を取られた。無様に泥水に沈んで激しく咳《せ》き込みながら顔を上げると、魔物がするすると寄ってきて、アリアの脇《わき》に両手を差し込んでひょいと立たせるなりまたするすると遠ざかっていった。

「ま……っ」

（あ、遊ばれている――!?）

ぴたりと立ち止まった魔物が、じっとこちらをうかがっている。鳥に似た尖《とが》ったくちばしが、いつアリアを食べようか思案するように上下に揺れはじめた。が、ここで襲う気はないらしい。再び歩き出したのである。

「待ってください」

ぎょっとして魔物の背を追う。だが、ぬかるんだ足下に何度もよろめいてなかなか追いつけない。慣れない森の中、しかも土砂降りでは追いつくどころか見失っても不思議はない状況だ。けれど、幸い見失うことはなかった。まるでアリアが追いつくのを待つように、魔物がときどき立ち止まったからである。

もう少しで追いつくというところで、魔物が腰丈ほどの高さがある柵《さく》を越えた。森のどこから延び、どこへ繋《つな》がっているのかもわからない柵だ。さすがに一瞬躊躇《ためら》った。けれど魔物を見失うわけにもいかず、アリアは震える手で柵をつかみ、覚悟を決めるなり柵を越えた。

刹那《せつな》、空気が変わった。

目の前にはいまだ鬱蒼とした森が広がっているのに、不安をかき立てるような重苦しい空気がやわらいだのだ。

困惑して辺りを見回すアリアの目に、遠ざかる魔物の背が飛び込んでくる。

「待ってください！」

アリアは悲鳴とともに魔物を追った。

運動不足なうえに雨で足場が悪い。悪条件が重なったせいで歩くだけでも一苦労だ。すっかり息が上がった頃《ころ》、木々の合間に真っ白い建造物が現れた。アリアが暮らしていた男爵家よりもはるかに大きく、目を見張るほど瀟洒《しょうしゃ》な建物だった。

アリアは唖然《あぜん》と立ち尽くす。

「……ここ……もしかして、聖エルファザード学園……？」

目的地である。

学園の敷地なら聖域の中ということになる。つまりここは安全な場所――そうわかると、緊張にこわばっていた体から力が抜けた。

ほうっと息をつき、アリアは改めて前を行く漆黒の魔物を見た。

（……ひ、人？　なの？　……口元は人間みたいだわ）

よくよく見れば額から鼻筋まですっぽりおおう鳥の面《めん》をつけているだけで、ぐっと引き結ばれた口には牙《きば》がない。背は高いが長身という範囲内だし、ボロボロで泥だらけだが服も着ている。身だしなみに興味がないのか長い黒髪も無造作に放置されたままだ。

(お面は趣味なのかしら。き、きっと触れてはいけないのね)

ずっと押し黙っているところを見ると、しゃべるのも苦手なのだろう。もしかしたら意思の疎通自体が難しいのかもしれない。

(とにかく、カバンを返していただかないと)

声をかけようとしたとき、鳥面の男が立ち止まって顔を上げた。つられて彼の視線を追い、アリアはたじろいだ。

瀟洒な建物のその向こう——雨に溶け込むように、巨大な壁がそそり立っていたのだ。

(どうしてこんなところに壁が)

視線をさらに上に向け、息を呑《の》む。

壁ではない。

壁だと思っていたそれには、瘤《こぶ》があり、枝があり、葉が茂っていた。視線をもっと上に移動させれば、多くの枝が雲を貫き伸びているのがわかる。

建物の奥にあるのは、地上を睥睨《へいげい》するような巨大な木だった。

異様な光景だ。白い建物も、規格外の大きさの木も、清らかすぎる空気も、なにもかもが今まで接したことのないものだった。反射的に後ずさったアリアは、近づいてきた鳥面の男がそっと肩に触れてきたことでようやくわれに返った。慌てて視線を鳥面の男に戻すと、空洞だと思っていた二つの穴の奥に漆黒の瞳が見えた。深い柔らかな闇《やみ》を内包する双眸《そうぼう》がじっとアリアを見おろし、静かに逸《そ》らされる。

なにかを懐かしむような眼差《まなざ》しだ。

「あ……あなたはいったい……」

問いかけには答えず、ついてこいと言わんばかりに鳥面の男が歩き出す。

(知り合い？　でも、覚えていないわ)

男爵家の一室で、なかば軟禁されるように暮らしてきたアリアには知り合い自体が少ない。その少ない知り合いの中に鳥面の男は入っていない。

アリアは躊躇いつつも男の背を追い、建物の中に入った。乳白色の床は磨き込まれ、白い壁には複雑な模様が彫り込まれている。なにより驚いたのは天井の高さだ。廊下なのに吹き抜けを思わせるほど高いのだ。

瀟洒だが荘厳でもある廊下を進むと、高い天井に届くほどの大きな扉が待ち構えていた。こちらも白一色で、細かな彫刻がされた贅《ぜい》沢《たく》な造りだった。

鳥面の男が無造作にドアを開け放つ。

ドアの向こうはまぶしいほどに白く輝く空間だった。天井からぶら下がった無数のシャンデリアが光を乱反射し、片膝《かたひざ》をつき低頭する白い装束の青少年たちを照らしていた。唐突に開いたドアに驚いたのだろう。皆がいっせいに振り返り、アリアと鳥面の男を見る。どこか恍惚《こうこつ》としていた彼らの表情が困惑に歪《ゆが》んだ。

アリアたちに向けられたのは不審げな眼差しだった。

（し、叱られる……!!）

場違いだと悟り、おののいてドアを閉めようと手を伸ばす。そんなアリアの耳に「驚いた」と落ち着き払った言葉が飛び込んできた。

「まさか、お前が来るとは」

続いて聞こえてきたのは木漏れ日のような、ふくよかで耳に心地よい音だった。縮こまった心を一瞬で解きほぐす音色。無意識に音が聞こえてきた方角を見て、アリアはようやくそれが楽器の音色ではなく人の声なのだと気づく。

フロア正面に演台があり、そこに男が立っていた。

この男を照らすためだけにシャンデリアが用意されたのだと確信を抱かせるほど彼は美しかった。朝日を集めて編み上げられたと見まがう金の髪、見つめ返されれば呼吸さえ忘れさせる蠱惑《こわく》的な金の眼差し、健康的な白い肌を際立たせる白いローブには金糸で細やかに刺繍《ししゅう》がほどこされ、見るからに高価そうな金の首飾りがいくつも重ねられている。腕輪や指輪もすべて金だ。誰《だれ》もが圧倒されるだろう派手な装飾であるにもかかわらず、まとう男がそれ以上に美しくて派手だからまったく違和感がない。

美しさだけを寄せ集めた男が華やかに微笑《ほほえ》んだ。

「僕のかわいい子どもたちに紹介しよう」

優雅に腕を広げ、演台の男は朗々と告げた。

「今、ドアを開けたのがディアグレス——死を司る神だ」

フロア内がざわつく。〝子どもたち〟の顔がいっせいに青ざめ、恐怖に引きつっていく。強い嫌忌《けんき》に驚いて、アリアは闇をまとう男を見た。

(死を司る神?)

黒い長衣は泥まみれで、よく見れば鳥面も泥で薄汚れていた。長い髪も泥まみれで、露出した肌は異様な白さで死人を思わせた。演台の光り輝く男とはまるで別物である。

「……ディアグレス様……」

誰もが恐れる神の名を、アリアは呆気《あっけ》にとられて声にした。

2

フロアは講堂で、そこでおこなわれていたのは入学式だった。

けれど入学式は中止になった。生徒たちが悲鳴をあげるなり、いくつかあったドアから転がるように逃げ出してしまったからだ。

人が去ったあとの講堂は、白さだけが強調されて少し不気味に見えた。

「……あの、ディアグレス様、カバンを」

無言で立つ鳥面の男に請求すると、今度はあっさりと返してくれた。ほっと安堵していると白一色の女がやってきて、入学証を請求してきた。

「入学証を確認しました。あなたの部屋は二一号室です。部屋は二人部屋になります」

「ありがとうございます。部屋の場所をおうかがいしても……」

質問が終わる前に白一色の女はそそくさと去っていった。呆気にとられてから、アリアは隣に立つ鳥面の男――ディアグレスをこっそりと盗み見た。

(この方が神様？　でも、神様は大樹《たいじゅ》の上にいらっしゃって会えないのではないの？)

大樹は天空に枝葉を伸ばす。だから人は祈りを空に捧げるのだ。昔は祈祷《きとう》のために神殿というものがあったが、今はそのほとんどが聖職者用の宿となり〝聖なる止まり木〟と呼ばれるようになったと幼い頃に聞いた記憶がある。

(……待って。さっき見た大きな木って、神々の大樹……？)

他に類を見ないほどの巨木が神々の大樹であるのなら、神聖にして不可侵の絶対領域に立ち、触れられるのは神と聖女のみと言われる特別なものだ。

ざあっとアリアの顔から血の気が引いた。

学園は大樹を囲うように立っている。その学園はエルファザード帝国が運営し、エルファザード帝国の名を冠している。

(こ、ここは)

世界で唯一、神々が望み存在する聖域。

悲鳴を上げかけ、必死で呑み込む。学園の存在自体は知っていた。ただし聞いたのはものすごく小さな頃だったし、興味もなかったのですっかり忘れていた。そもそも入学を拒否した姉の代わりに行くよう言われただけで、詳細はなにも聞いていなかったのだ。

（聖女育成機関――!!）

（わたしがいるべき場所じゃないわ）

家族からも疎まれる男爵家の厄介者。与えられた服は使用人ですら顔をしかめるボロ切れで、やせ細った体をいっそう貧相に見せた。垢《あか》のこびりついた肌、顔を隠すために長く伸ばされた灰色の髪は艶《つや》もなく、聖女なんて清らかな存在とは真逆だった。

（こ、ここまで来たんだから、お父さまも納得してくださるわよね？　男爵家に帰って……帰ったら、また部屋に閉じ込められるのかしら）

外の世界は自由だ。町があり人がいて、恐ろしい魔物がいる森もある。こんなふうに年の近い少年少女が集まる学び舎《や》だってある。けれど男爵家にはなにもない。自由も、楽しみも、人との触れあいも、当たり前の幸せも。

視線を感じ、アリアははっとわれに返る。叱責を恐れ、アリアは慎重にスカートをつまんで一礼した。

「お見苦しいところをお見せしました」

謝罪を受け入れてくれるだろうか。内心でビクビクしていたが、ディアグレスは口をつぐんだまま無反応だった。アリアのことなど眼中にないのかもしれない。

アリアは演台を見た。

(さっきあの場所にいらっしゃったのも神様よね？)

生徒を〝僕の子どもたち〟と呼んだのだから、人に愛着を持っているに違いない。だが、ディアグレスは違う。これまでの行動を鑑《かんが》みても人にそれほど興味がないのだとわかる。

しかし神であるなら、学園の主《あるじ》も同じ。

アリアは背筋を伸ばし、まっすぐディアグレスに向き直った。

不興を買わないよう、アリアは慎重に口を開く。

「不躾《ぶしつけ》なお願いで申し訳ありません。学園を出るために馬車をお借りしたいのですが……」

言葉の途中でディアグレスが踵《きびす》を返し、アリアはぎょっとした。廊下に出たディアグレスは東に向かい、渡り廊下を進んで別の棟に移動した。講堂ばかりか別の棟も真っ白で、病的ともいえる徹底した造りにアリアは少しだけ気味の悪さを感じてしまった。

(白にこだわるのも、きっとなにか深いお考えが……それより馬車だわ。ディアグレス様、もしかして馬房《ばぼう》に案内してくださるのかしら？)

期待してついていくと、廊下の先にフロアから出ていったとおぼしき女子生徒たちがたむろしていた。

女子生徒はアリアたちを見るなり青くなり、あっという間にドアの向こうに消えた。

（さ……避けられてる……？）

男爵家ならまだしも、はじめて足を踏み入れる学園でも避けられるというのはなぜなのか。

アリアが首をかしげていると、なぜだか隣にいる神様まで一緒に首をかしげはじめた。ちらりと視線を上げると、ディアグレスはすうっと背筋を伸ばし、するすると歩き出した。

（……不思議な神様だわ）

なにを考えているのかまるでつかめない。ディアグレスは何度か立ち止まり、まるではじめて歩く建物であるかのようにあたりを見回し、やがて一つのドアの前で立ち止まった。

「ありがとうございます。案内してくださったんですね」

ドアに貼られた二一号室のプレートを見て感激し、われに返った。

「わたしは馬房で馬車を借りたくて……」

（でも、今から聖域を出るのは危険かもしれない。夜は魔物が活発になるって聞くし、一晩泊めさせてもらって、日が昇ってから馬車を借りたほうがきっと安全だわ）

アリアは納得してディアグレスに一礼した。

「ご配慮、感謝いたします」

するとディアグレスはふらふらと数歩離れた。立ち去るのかと思いきや、その場で待機している。

(……な、謎《なぞ》だわ……)

ディアグレスの視線を感じつつアリアは二一号室のドアを叩こうと手を持ち上げた。

刹那、耳鳴りがした。怒鳴るような女の声。幻聴だ。そうわかっているのに恐ろしさに身動きができなくなる。

『見苦しいわね!』

耳朶《じだ》を打つ神経質な金切り声は姉のものだった。

『媚《こ》びを売るしかできない売女《ばいた》の娘のくせに!』

頭の中を幻聴がこだまする。ここは神々が望み存在する聖域、聖エルファザード学園。けれどアリアの眼前には、男爵家での日々が生々しくよみがえっていた。家具などない狭い物置部屋で過ごす日々。食事もまともに与えられず、ボロ切れをまとい、部屋の隅に縮こまって怯えるだけの生活――。

(落ち着いて。大丈夫。ここは男爵家じゃない。廊下を歩き回っても、許可なくドアをノックしても叱られたりしない。ここにはお姉さまたちはいないんだから)

アリアは何度も深呼吸し、大丈夫と自分に言い聞かせる。それなのに、ノックをしたら姉が飛び出してくるのではないかと不安になって、ドアを叩くことすらできない。

ようやくドアをノックしたのはたっぷり十分も過ぎてからだった。

「わ……」

声が喉《のど》の奥に絡まって出てこなかった。アリアはとっさに胸を押さえ、もう一度深く息を吸い込んだ。

「わたしはアリア・アメリアと申します。な……中に、入ってもよろしいでしょうか？」

恐る恐る声をかけるも返事がない。

(誰もいないのかしら)

ほっとしながらそろりそろりとドアノブに手を伸ばす。すると中からガタガタと音がした。慌てて手を引っ込めドアが開くのを待ったが、音がするのになかなか開かなかった。

(勝手に開けていいのかしら)

男爵家では部屋から出ないようきつく言いつけられていた。アリアの部屋のドアが開くときは、相手が使用人でもノックなどしてくれなかった。けれど一般的には返事を待ってからドアを開けるのが礼儀である。

オロオロしながら待っているとドアが開いた。

「は、はじめまして。アリア・アメリアと申します。一晩……」

アリアは口をつぐむ。茶色い髪を短く切りそろえた愛らしい少女が、パンパンに膨れあがったカバンを持ち、背中には白いシーツの塊をしょって立っていたのだ。

「わ、私、部屋を、間違えました！」

少女はアリアを押しのけるように部屋を飛び出し、ディアグレスを見て悲鳴をあげ、猛然と廊下を駆けてあっという間に見えなくなった。

　ぽかんと立ち尽くしてから部屋を覗《のぞ》き込む。室内にはベッドが左右に一台ずつ置かれ、それぞれにクローゼットと勉強机、本棚が用意されていた。その右側だけがひどく荒れていた。ベッドのマットはゆがみ、椅子《いす》は転がり、クローゼットのドアは開けっぱなし――そうとう慌てていたらしい。

「同室の人じゃなかったのね……」

　アリアはがっかりしている自分に気づく。誰かと同じ部屋で一晩過ごせる。そう考え、無意識に喜んでいたらしい。

　部屋に入ると背後でパタンとドアが閉まった。

「ディアグレス様はご一緒してくださらない、わよね……うん。そうよね」

　部屋を見回したあと肩を落とし、新しく入ってくる人のために乱れたままの右側のスペースを使うことにした。目に留《と》まった右奥のドアを開けると脱衣所だった。

（個室の奥にお風呂があるわ！　しかもこれは、シャワー!?）

　白い建物、白い廊下、白い部屋、そして白い浴室。シャワーカーテンも、天井に設置されているシャワーヘッドも、用意されているタオルもすべてが白い。

（こんなに柔らかいタオルははじめて。わたしなんかが使っていいのかしら）

　お前のために用意したのではないと叱られてしまうかもしれない。アリアはカバンの奥から小さな布きれを取り出すと、緊張しながらシャワーのコックをひねった。お湯が出る。魔法みたいだ。

「み、水で十分よ。わたしにお湯なんて贅沢だわ」

しかし、水の出し方がわからない。アリアはしばらくうろうろしたあと、あきらめて濡れた服を脱いでシャワーを浴びた。灰色の髪から泥が洗い流され、くすんだ肌が生来の色を取り戻す。石鹸《せっけん》を使ってすっかり汚れを流し落とすと、長い髪を乾かすために結局はタオルを使うことになってしまった。

クローゼットを開けると、服が何着も用意されていた。

(これは制服……?)

講堂にいた生徒たちが着ていた服と同じ形だ。白一色だがデザインが凝っていて、汚してしまいそうで触れることすら躊躇われる。あとは部屋着らしく幾分装飾の少なめな服と、夜着とおぼしき薄手のゆったりとした服もある。

「お……お借りします」

カバンに入っていたわずかな服は水を含んで着られる状態ではない。アリアは恐る恐る部屋着を手に取り、その柔らかさに息を呑んだ。それに、いいにおいがする。袖《そで》を通すと、軽くてしっとりと肌に馴染《なじ》み、高価なものなのだという確信を抱かせた。

振り返ったアリアは、鏡に気づいて動きを止めた。

誰もが美しいと褒めたたえた母は、白金の髪がなにより自慢だったらしい。アリアの髪も白金だ。だが、手入れされずぼさぼさで伸び放題なせいか、ちっとも美しいとは思えなかった。髪のあいだからスミレ色の瞳《ひとみ》がおどおどと鏡越しにアリアを見つめ返すのも、見苦しさに拍車をかけている。

（だめだわ）

アリアは慌てて長い前髪で顔を隠した。

鏡を見て気づいてしまった。部屋着ですらアリアの体には大きすぎるのだ。姉がこの場にいたら、きっと「みっともない、さっさと脱ぎなさい」と怒鳴っただろう。

（そうだわ。さっき着ていた服を洗えばいいんだわ。着ていればそのうち乾くのだから）

名案に手を打ったが、不思議なことに脱衣カゴに入れた服がなくなっていた。しかも、どんなに捜しても見つからない。アリアは困惑しながらカバンから取り出した服をいったん脱衣カゴに入れ――そして、ぎょっとした。

「わたしの服は……!?」

目を離した一瞬で消えてしまった。そうとしか思えなかった。

顔面蒼白《そうはく》で紛失した服を捜しているうちに室内ランプが勝手に点灯をはじめた。

仕掛けがあるようには見えないのに服が消え、ランプがともる。窓の外はすっかり暗く、森に降る雨は勢いをなくして静寂を運んできた。

茫然《ぼうぜん》と窓を見つめるアリアの耳に、美しい音色が届いた。

（こ、今度はなに？）

物音をたてないよう静かにドアを開け、廊下を見回し仰天した。

ディアグレスが廊下にぽつんと立っていたのである。

「も、申し訳ありません。気が回らず……っ」

ドアを閉めてくれたのはディアグレスだ。だから、ずっと廊下で待っているなんて考えもしなかった。

（わ、わた、わたし、なんて失礼なことを！）

真っ青になっていると、ディアグレスが前触れなく歩き出した。少し歩いてぴたりと立ち止まり、そっと振り返る。

（つ……ついてこいって意味なのかしら……？）

怒っているようには見えなかったので、アリアは青ざめたままディアグレスを追うように歩き出した。

廊下の至る所にランプが設置され、昼間のような明るさだった。油が高価ということもあり男爵家ではろうそくが使われ、そのせいで壁は煤《すす》で汚れていたが、ここではそうした心配すら必要ないらしい。贅沢すぎて身の置き場に困ってしまう。

ディアグレスとともに東棟を出て、渡り廊下を歩き、北側にある棟に移動する。ここも白い。

うっかりしていると迷子になりそうな純白の迷路を右に折れ、さらに進んでいく。

どこに向かっているのか尋ねようとしたらいいにおいがしてきた。人の声もする。

たどり着いたのは白く広い空間――食堂だった。集まる人も白ければ、テーブルや椅子、食器も白い。個々がトレイを手に好きな料理を選べるようになっていて、肉料理や魚料理、サラダ、スープ、果物、さまざまな種類のパンが用意されていた。

夕食の時間、それを報《しら》せる音楽がさっきのハープのようだった。

生徒たちは制服から部屋着に着替え、近くにいる者たちと談笑しながら食事をしている。人だかりができているところもあった。楽しげな笑い声も聞こえてきた。鮮やかな緑の瞳と赤毛が印象的な少年の周りに一番人が集まっている。

彼のようにたくさんの友人に囲まれるのは難しくとも、相席することはできるだろう。

(みんなといっしょにお食事……!)

男爵家にいたときも馬車で移動していたときもパンと水だけしか与えられず、アリアは料理と呼べるものを久しく食べていない。

(だ、だめよ。わたしは一晩だけ宿を借りる身。食事だなんて厚かましいわ)

目を輝かせ、すぐわれに返った。しかし、〝みんなといっしょに食事〟がどうしても体験したくて、そっと近づいておどおどとパンを一つトレイに取り、コップに水をもらった。

男女共学全寮制の学園ではあるが、男子の割合が比較的多い。そのうえ入学したばかりの生徒が多数を占めているようでほとんどの学生が同性同士で食事をとっていた。自然、アリアも同性が集まっているテーブルを探すことになった。

そして、すぐに空席を見つける。

（ゆ、勇気を出しなさい、アリア・アメリア。笑顔で声をかけて、席に着く。そして、みんなと食事をしながらの談笑……!!）

ここは男爵家ではない。だから大丈夫。アリアは自分にそう言い聞かせ、深く息を吸い込み、食事をとりつつ会話を楽しむ女子の一団に近づいた。

心臓がバクバクする。

「お話し中、失礼いたします。同席してもよろしいでしょうか?」

失礼がないように、細心の注意を払って声をかける。さきほど間違えたと言って部屋を飛び出していった少女を見つけ、アリアはぎこちなく笑みを向けた。すぐに「どうぞ」と、その少女が笑みを返してきた。

（心なしか顔が引きつっているような……?）

とはいえ、許可は得た。

「失礼いたします」

アリアはトレイをテーブルに置いて席に腰かける。直後、同席の女子たちがいっせいに立ち上がった。

誰の食器にも食事が残っていた。それなのに全員がトレイを手に席を離れ、返却口に置くなり足早に食堂を出ていってしまった。

広いテーブルに一人取り残され、アリアはきゅっと唇を噛《か》む。きっと、他《ほか》の席に移動しても同じことが起こるだろう。警戒する生徒たちの視線に肩をすぼめ、小さく息をついてからたずむディアグレスへと視線を向けた。

「ディアグレス様はなにかお食べにならないのですか?」

問いかけても答えはない。

下を向くと涙がこぼれそうになって、アリアは無理に笑顔を作った。いっしょに食事をしたいだなんて大それたことを考えてはいけない。焼きたてのパンときれいな水、これだけでも十分にご馳走《ちそう》だ。

空腹を感じているのに食欲がなく、アリアは手にしたパンを静かにトレイに戻した。

トレイを返却口に置き、とぼとぼと歩く。ディアグレスとともに食堂を出ると、わっと背後がざわめいた。アリアはとっさに立ち止まり、振り返った。

(どうして――……)

口を開いたが言葉は呑み込んだ。きつく唇を噛んで歩き出すと、ディアグレスも同じように歩き出した。どこを歩いているのかわからなくなって立ち止まりかけると、ディアグレスが先導するように前に立ち、二一号室へ案内してくれた。

ついたぞ、そう言わんばかりにディアグレスが振り返る。

（……気のせいよね？　気のせいなんだろうけど）

鳥面のせいで表情が読めないのに、なぜだか得意げに見える。迷わず二一号室にたどり着けたことを誇っているみたいだ。

少し、心が軽くなった。

「ありがとうございます。……あの、ディアグレス様も、お休みくださいね……？」

一晩中ドアの前に待つ姿を想像したら心配になった。そんな不安を理解したのか、ディアグレスが踵を返した。

遠ざかる背を見送ってアリアはほっと胸を撫《な》で下ろす。

アリアは部屋に入ってベッドにもぐり込む。けれど、柔らかすぎて落ち着かない。

（……同室の方は、いついらっしゃるのかしら）

アリアはベッドから下り、床に座ると膝をかかえた。

ぎゅっと目を閉じ、深く細く息をついた。


雨音で目が覚めた。

使われた形跡のない左のベッドを見て溜息《ためいき》をつき、窓へ視線を移す。厚い雨雲としとしとと降り続く雨で森が薄暗い。

私物である服は紛失したままだった。

(クローゼットに入っているのは制服と部屋着と夜着だけ)

アリアは制服に触れた。

(日中はみんな制服を着ているはず。同じ服を着ていないと、きっと悪目立ちするわ)

注目されることを恐れ、汚さないように、シワにならないようにと慎重に制服に着替えた。

前髪で丁寧に顔を隠して廊下に出ると、ディアグレスが立っていた。

「ま、まさか、一晩中ここで待ってらっしゃったんですか!?」

仰天して尋ねるが当然のように返事はない。

(立ち去ったから、そのままお休みになったとばかり思っていたのに)

理解の範疇《はんちゅう》を超えている。どうすれば意思の疎通ができるのか思案しているとハープの音がして、ディアグレスが唐突に歩き出した。慌ててついていくと生徒たちで賑やかな食堂にたどり着いた。

(朝!　ごはん!　今日こそ……!!)

意気込んで食堂に足を踏み入れると、生徒たちは瞬く間に静まり返り、視線を合わせることすらせず立ち上がった。

(……昨日《きのう》と同じ……食事を楽しんでいるみんなの邪魔をしてしまったわ)

寂しいなんて贅沢な感情だ。

しゅんと肩を落とした瞬間、ゴッと鈍い音がした。アリアが顔を上げると、ディアグレスの真横にある壁に大きな亀裂《きれつ》が入って、一部がバラバラと崩れていった。

「ディアグレス様、危ないです。壁が脆《もろ》くなっているみたいです」

粉まみれになった手を払うディアグレスの腕を取り、安全な場所に避難させる。国が運営する学園なのに、なんて不思議に思っていたら、立ち上がっていた生徒たちが青ざめながら次々と椅子に腰かけ、カタカタ震えながらスプーンを手に取った。

(どうしたのかしら)

誰もいなくなると覚悟していたアリアは、皆の様子に疑問を抱きつつも浮かれていた。なにせ〝みんなで食事〟が現実のものになったのだ。それだけで有頂天だった。ぴりぴりする空気もなんのその、軽やかな足取りでディアグレスとともに食堂に入る。

「ディアグレス様はなにか召し上がりますか?」

質問するも答える声はない。小食なのだろうか。それとも食事を必要としないのだろうか。

謎は多いが、「注文は?」と訊《き》いてくるカウンターの女にパンと水を二つずつもらい、ディアグレスとともに席に着いた。

「どうぞ」

パンをすすめると、ディアグレスはじっとパンを見つめてからするすると手を伸ばした。

（やっぱりお腹《なか》がすいていたのね）

ちぎったパンを口の中に入れた直後、ディアグレスの口元がわずかにほころんだ。そんな彼を見て周りはどよめき、アリアはほっと安堵する。ちなみにアリア自身は極度の空腹で胃が麻痺して食欲が失《う》せている状態だったので、少量の水で小さくちぎったパンを胃に流し込まなければならなかった。一方生徒たちは、アリアたちを気にしながら食事をし、食器が空になると同時に逃げるように食堂から出ていった。

アリアが食事を終える頃には、食堂にはアリアとディアグレスの二人だけになっていた。

（もっと早く食べられるようにならないと）

みんなといっしょに食事、という目論見《もくろみ》を達成させるためには努力が必要だ。

「ごちそうさまでした」

小さくつぶやいて返却口に食器を戻し、はっとした。

（そうだわ。カウンターにいる人に馬車を借りられるか訊いて……）

残念ながら、女はすでに去ったあとだった。

「ディアグレス様、馬車をお借りしたいのですが、誰に尋ねればいいかわかりますか？」

返事の代わりにディアグレスが歩き出し、アリアは期待しつつ彼の背を追った。渡り廊下を通って東棟に戻り、今度は南にある棟へ向かった。

（さっきは北にある棟だから北棟で、こっちは南にあるから南棟、かしら。昨日、入学式があった場所よね？　じゃあこの先に……）

「…………!?」

たどり着いたのは馬房ではなく、すり鉢状の階段に机と椅子が設置された講堂だった。食堂同様、ここでもグループ同士で生徒が固まって談笑している。

「ディアグレス様、ここではなくて……」

訴えていると会話がやんだ。反射的に肩をすぼめたアリアは、誰もがアリアから――ディアグレスから視線を逸らす中、唯一まっすぐ見つめてくる少年に気づいた。

（あの子だわ）

緑の目をした、印象的な赤毛の少年。

今も当然のようにどこよりも大きな人の輪の中心にいる。視線が合うと、少年がにっこりと笑った。

「君も座ったら？」

アリアより年下のようなのに落ち着いた声で提案してくる。

「いえ、わたしは……」

生徒ではない。入学証を受け取ったのは姉で、アリアは父に、姉の代わりに学園に行くように命じられたにすぎない部外者だ。そう伝えようと口を開いたとき、演台の奥にあるドアが開いて光が入ってきた。

生徒がいっせいに立ち上がり、光に向かって膝をついた。

込み上げてくるのは畏怖《いふ》の念――息を吸うことすら忘れ、アリアも腰が抜けたようにその場に座り込んでいた。

「楽にしたまえ。それでは授業にならない」

光が笑いを含む声で命じる。

われに返ると、アリアはいつの間にか講堂の一番隅の席に腰かけていた。

光だと思っていたものは昨日演台にいた金髪の美しい男だった。

なにが起こったのか理解できない。恐らく、他の生徒たちもそうであるに違いない。誰もがなかば茫然と椅子に腰かけ演台を見ていた。

「昨日は入学式が中断してしまったし、途中から来た者もいた。そのことを考慮して最初から説明をしようか」

どうやらアリアのことを言っているらしい。生徒たちが緊張するのを感じ取り、アリアも奇妙な威圧感に肩をすぼめた。謝罪をしなければ。大事な式典を台無しにしてしまったのだから、言葉と態度で誠意を示さなければ。そう思っているのに、体が震え、声が出てこない。

なにか失敗すれば叱責され、部屋に閉じ込められてしまう。男爵家ではささいなことで叱られていたから、咎《とが》められると恐怖が全身に根を張って身動きが取れなくなってしまう。

脳裏をよぎったのは男爵家での日々だった。

久しぶりに部屋から出してもらえたと喜んでいたアリアは、父の執務室に呼ばれた。

仕事をする姿を見られるのではないかと、内心でドキドキしていた。

けれど執務室のドアをノックして返ってきたのは、一番上の姉が発した叱責だった。

『許可なくお父さまの執務室のドアをノックするなんて、本当に礼儀のなっていない子ね』

呼ばれたから訪れたはずのアリアは、姉の剣幕にただただ怯えることしかできなかった。部屋には男爵家一家が勢揃《せいぞろ》いしていた。父は執務用の椅子に深く腰かけ険しい表情をし、継母は閉じた扇子で苛々《いらいら》と手のひらを叩き、三人の姉は怒りの形相でアリアを睨《にら》む。弟は応接机の上にある菓子を興味なさそうに頬《ほお》ばっていた。

『落ち着いて、イレーネお姉さま。その子はわたくしが呼んだんです』

長女を止めたのは三女だった。気遣ってくれたのかと安堵したアリアは、すぐにそうではないことに気がついた。三女がアリアに向ける眼差しは賤《いや》しみだったのだ。

『わたくし学園になど行きたくありませんわ。どうしてもとおっしゃるなら、ちょうどいいのがいるではありませんか。この汚《けが》らわしい恥知らずを屋敷から追い出す機会です』

『まあ！　素晴らしい考えだわ、ヴィヴィアン！』

『そうです、お父さま。屋敷にいても問題を起こすだけですわ』

アリアは正妻が産んだわけではない。それでも男爵家の令嬢だ。慈悲はあると思っていたけれど。

『そうだな。厄介払いにはちょうどいい』

父の言葉ですべてが決まった。

姉たちは手に手を取って喜び、弟は無造作につかんだ菓子を口のなかに放り込む。そして、血の繋がらない娘をずっと憎み続けていた継母は満足げに微笑んだ。

味方などいなかった。屋敷の中で味方は、ただの一人も。

だからアリアは、姉が拒んだ学園に、姉の身代わりとして行くことになった。入学式の二日前に決まったから準備の時間もわずかしかなく、それ以外のほとんどの時間を移動に費やしたのである。

(もしかしたらすべてご存じなのでは……)

神の怒りに触れたらどれほど悲惨な目に遭うか。恐ろしくなってぎゅっと目を閉じると、

「世界は森におおわれている」

滑らかに奏でられる声がふっと胸の奥を駆け抜けていった。穏やかなのに背筋が伸びるような威厳がある、不思議な声だった。

アリアは戸惑いながらも演台を見る。

「森には多くの魔物が棲《す》み、人々の生活を脅かしている。人々は森の中に集落を作り、やがてそれが国になった。世界には七つの国が存在し、現在、そのうち四つが国を〝聖域〟で守っている。ここまではいい？」

にっこりと光り輝く笑みを向けてくる。まるで子どもに言い聞かせるような口調だが、裏腹に講堂の空気はどんどん重くなっていく。

（い、息苦しい……っ）

「この学園は、魔物と戦う聖職者を育てるための育成機関――さらに厳密に言うのなら、神の寵愛《ちょうあい》を受けその力を行使する聖女と、神の加護を受ける神官、そして、魔物と直接戦うための聖騎士を育てるための学園だ。神官と聖騎士に性別の規制はないけれど、聖女は女の子限定だから気をつけてね」

男の言葉にアリアはこくりと唾《つば》を飲み込んだ。なにものにも染まらぬ白で作り上げられた建物、そこに集められた少年少女たち。全員が魔物から人々を守るためにここで学ぶのだ。

アリアだけが資格もなくこの場にいる。

アリアの動揺に気づくことなく――あるいはそれすら許容するように、演台の男は言葉を続けた。

「学園の在籍期間は基本的に一年。ただし神官や聖騎士は最長三年をここで学ぶことになる。すべては存命率を上げるための措置だよ。君たちがどういう道を選ぶのか――聖職者になるか、聖職者の身の回りの世話をする下女や下男になるか、あるいはなにも得ずにここから去るか、それは君たちが決めることだ」

生徒たちの表情が引き締まる。皆、〝何者か〟になるためにここに来ているのだろう。

説明によると、生徒は七つある国から年一回集められ、女子はアリアを含めて三十一名、男子は七十四名が今年の入学生らしい。そして、二年目の生徒は男女合わせて三十四名、三年目の生徒は十六名――つまり、学園全体で百五十五名が在籍している。

食事の支度や清掃、身の回りのことはすべて学園の卒業生である下男や下女がおこない、生徒たちはただひたすら魔物の倒し方を習得し、人々を救うために学ぶ。

「さて、ここで彼らを紹介しよう」

男が手を打つと光が弾ける。アリアは驚きに固まり、皆は声をあげた。

光の中から人影が三つ現れ、ドンッと全身が重くなった。

光をまとう男もさることながら、新たに現れた三人もそれぞれに個性的だった。

一人は長身で立派な体躯《たいく》の男だ。彫りの深い顔に茶色の短髪、緑の瞳、身にまとう服は深く濃い緑に金糸で華やかに刺繍がほどこされていた。凛々《りり》しくも重々しい空気をまとう美丈夫である。

「大地を司る神グランデューク」

光をまとう男が告げると、美丈夫が一歩前に出た。

「大神《たいしん》より紹介にあずかった、わが名はグランデューク。大地を治め、豊穣をもたらす神である」

ビリビリと腹に響く大声に、アリアは肩をすぼめた。

（まるで雷鳴のような声……!!）

悲鳴が出なかったのが奇跡だ。

大地を司る神グランデュークの隣に立つ男は、淡い水色の髪に深海を思わせる藍《あい》色の瞳の涼やかな美形だった。グランデュークが猛々《たけだけ》しい空気をまとうなら、こちらは鋭利な刃物のような雰囲気だった。白を基調としたかっちりとした服には青い糸で細やかに刺繍がほどこされ、すらりとした長身によく似合っていた。冷たい美貌《びぼう》にきつく引き結ばれた口元、なにもかもが完璧《かんぺき》だった。

「水を司る神シルキアイス」

グランデュークから〝大神〟と呼ばれた男が名を呼ぶと、刃のような美貌を少しだけ動かし、男――シルキアイスが藍色の瞳をわずかに伏せた。

「よろしく」

低く落ち着いた声色だ。紳士のような一礼に、女子生徒たちが頬《ほお》を染める。

シルキアイスの隣に立つ男は、正直、アリアにはよくわからないタイプだった。性別は男のようである。斜に構えて立つ姿、薄い衣を幾重にも重ねた派手な衣装、全身を飾る装飾品――長いまつげには宝石が輝き、紅を引いた唇は笑みの形に結ばれている。入念に手入れされた指先が金色の髪を軽く払い、紅玉に似たきらめく瞳を楽しげに細めた。

「大気を司る神エステラード」

大神が呼ぶと、女と見まがう派手な服装の男が衣をちょんとつまんだ。

「アタシ、美しいものが大好きなの。今年は粒ぞろいで嬉《うれ》しいわ。一年間よろしくね、子猫ちゃんたち」

人差し指を唇にあて、片目をつぶってキスを飛ばす。男子がのけぞり、女子が身じろぐのを楽しそうに眺めてから男――エステラードがもう一度キスを飛ばした。

(……神様……この方たちが、神々……?)

圧倒的な存在感。光り輝く男が指を鳴らすと、皆がいっせいに肩を上下させた。そのときまで、生徒は自分たちが息を止めていることにすら気づかなかったのだ。

「そして、その男が死を司る神ディアグレス」

光がアリアを指さし、皆が恐怖と嫌忌の表情で振り返った。

(どうしてわたしを……え……?)

偶然、赤毛の少年と目が合った。いつも生徒たちの中心にいる小柄な男子だ。彼はじっとアリアを見つめてから、誘うように視線を動かした。つられて振り返り、アリアはようやく自分の斜め後ろに立っているディアグレスが注目されていることに気がついた。

しかし、当の本人は身じろぎもせず演台に顔を向けている。

「ディアグレスは不浄の神だ。不幸を振りまく忌み神と表現されることも多い。しかし彼も、君たちに寵愛を与えることができる尊い神の一人だ」

こわばる生徒たちの顔を眺めながら光は満足げにうなずいた。

「そして最後になったけれど」

笑いを含む声に、皆の視線が演台に戻る。光の化身のように、誰よりも美しい男が胸に手を当てて言葉を続けた。

「僕が光を司る神、ルシエルだ」

皆がいっせいに立ち上がり、膝をついて低頭した。

(か、体が……!!)

アリアの体も操り人形のように勝手に動き、意志に反して低頭していた。

「光神《こうしん》と言われることも大神《おおがみ》と呼ばれることもある。僕は神々の父であり、この世界を望んだはじまりの神だ」

光を司る神ルシエルが両手を広げると、生徒たちが寸分の乱れもなく顔を上げる。

「ようこそ、僕の子どもたち。改めて君たちの入学を歓迎するよ」

その笑みを見た瞬間、なぜだかぞっと背筋が冷えた。

3

大陸は森におおわれ、森には多くの魔物が棲む。

だから人々は安全に暮らせるよう力を合わせて村を作り、塀を築いて町となり、やがて巨大な国家へと変貌《へんぼう》した。けれど魔物の被害は減らず、神は人々の祈りを聞き入れ、魔物に対抗しうる力を与えた。

それが聖騎士であり、神官であり、聖女である。

その中でも聖女が生み出す聖石《せいせき》は特別なものだった。神の力を借り、特殊な祈りによって結晶化した石は、広域結界を作り魔物に対して絶大な威力を誇るのである。

ゆえに、聖女育成は国防の要《かなめ》だ。

聖エルファザード学園は、エルファザード帝国が運営する聖女育成機関である。聖女を含む聖職者を育てるため他国にも門扉が開かれ、一年に一度、十二歳から十八歳の少年少女が集められるのだ。

その一人に選ばれたのが、ヴィヴィアン・アメリア。アメリア家の三女でアリアの姉だ。

(馬車を借りるつもりだったのに)

アリアは青ざめつつ演台を見る。

神々が退出すると、代わりのように金糸を縫い込んだ白い装束の女が立った。薄いベールにも金糸で刺繍がほどこされ、全身に光をまとっているかのような美しい人だった。

光の聖女ティアスティーナである。

「では、簡単に教育課程《カリキュラム》をお伝えします」

聖女の神聖な美しさと透き通るような声に、男子生徒の大半はぼうっと頬を赤らめていた。

「午前中は授業、午後は自由時間というのが大まかな日程ですが、午前の授業の中には魔物講義、薬学講義、武器精製と修理、医術習得、鍛錬、縫製作業などがあります。料理、衛生管理、野営など生き残るための基礎知識も学んでいただきます。王侯貴族とかかわることも多いため、礼儀は必要不可欠なのでマナー講座もあります」

心なしか男子の顔から赤味が引いた。女子の一部も動揺している。

「午後は自由時間なので休憩にあてる者もいますが、薬草園の管理、鉱物の採取、自主鍛錬、魔物討伐の効率化を論じるなど有意義に使うことをおすすめします」

おすすめと言ってはいるが、語調が柔らかいにもかかわらず「やりなさい」と強要するような圧が伝わってきた。

聖女がにっこり微笑んだ。

「この学園は、神が望み、神が降り立つ唯一の地。本来であれば人々とまみえることのない尊き方々と接し、学ぶことのできる頂《いただき》にもっとも近しい場所です。そのことを忘れぬよう、一年間、精進することをわたくしは望みます」

生徒たちの中から「はい」と声が返ってくる。聖女はうなずいた。

「さて、本日は創世神話からお話ししましょう」

光の聖女は語調を変えずに語り出した。

「はじまりの神、ルシエル様が世界を望んだことで創造がはじまります」

男子が聞いたばかりのカリキュラムに気を取られているのとは対照的に、女子は急に真剣な表情になった。男女で反応が違うのは、基本的に女子が目指すのが聖女であるためだ。

（いろいろな道があるとはいえ、聖女以外は落伍者《らくごしゃ》なのだわ）

皆の邪魔をしないよう、光の聖女に声をかけるのは授業が終わったあとがいいだろう。

ちなみに、聖エルファザード学園の教壇に立つのは聖女や神官、聖騎士という現役の聖職者が決まりらしい。

「ルシエル様は伴侶《はんりょ》となる女神を作り出し、そのあいだに三人の神々を生み出しました。これが創世神話と言われるものです。そして四番目に生まれたのが死神《ししん》――彼は女神の腹を裂き、飛び散った血肉から生まれたあらゆる生命に〝寿命〟という呪《のろ》いをかけました」

生徒たちの顔が一瞬でこわばった。

四番目に生まれた神はディアグレスだ。だから彼は〝死を司る神〟と呼ばれている。ディアグレスは他の神々が退出してもまだ講堂にいて、アリアの背後に陣取っていた。

（ディアグレス様も授業が受けたいのかしら。だ、だったら隣の席をすすめるべき……!?）

聖女の言葉に耳を傾けながら、アリアは神妙な顔で思案する。

「ですが、ルシエル様がおっしゃったように、死神も寵愛を与えることのできる尊い神です」

聖女は訴えたが、誰もディアグレスを振り返らず、それどころか怯えて真っ青になる女子までいた。そんな生徒の反応を意に介さず、聖女は話を続けた。

「今は神々が降臨しているので変則授業とし、女子生徒の皆さんはそれぞれ興味のある神様の御所《ごしょ》へ行ってみてください。男子生徒の皆さんはそのあいだ、上の学年の生徒とともに聖騎士フーバーの授業を受けてもらいます」

唐突な聖女の提案に、生徒たちがお互いの顔を見合わせる。先刻講堂から出ていったばかりの神々のもとに、今度は自分から会いに行けという。

聖女が講堂から出ていくなり、女子は自然と演台の近くに——アリアとディアグレスから離れた位置に集まった。

「ああ、夢みたい！　私ずっとエルファザード学園に入学することが目標だったの！　神官様に推薦状を書いていただくために品行方正に勤めたし、勉学にも励んだし、親孝行も頑張ったのよ！　村一番の器量よしって言われて十八でやっと推薦状をもぎ取って！　直接ルシエル様のお声まで賜《たまわ》って、このうえ御所にも……ああ、もう死んでもいい！」

金髪の女子が喜びを爆発させ激しく身悶《みもだ》えすると、集まった女子たちが苦笑した。

「落ち着いて。聖女目指してるんでしょ」

「もちろん目指してるわ！　だけど御所なんて恐れ多くて行けないわよ！　同じ空間で同じ空気を吸っているだけでも気を失いそう！　だってルシエル様なのよ!?」

黒髪の女子になだめられたが、感極まって泣いてしまった。

「私も目が潰《つぶ》れるかと思ったわ……シルキアイス様……神官様のお話でうかがうより、もっとずっと素敵だった……眼差しに射貫かれそう」

「グランデューク様のお姿も猛々しくて素敵だったわ！　地神の聖女は恵みをもたらし、どんな土地に行ってももてなされるっていうし、断然グランデューク様よ！」

「……私は全然乗り気じゃなかったんだけど……エステラード様に心を奪われそう」

盛り上がりながら、演台の近くにあるドアにぞろぞろと歩いていく。

（失言したら塵《ちり》にされそうなほど威圧的だったのに、みんな素晴らしく前向きだわ）

光神の眼差し一つ、言葉一つで体の自由が利かなくなったにもかかわらず、まったく問題視していない。これが聖女を目指す乙女《おとめ》たちなのかと、講堂から出ていく女子に圧倒されてしまう。男子の反応はさまざまだ。聖騎士のもとで学べることを喜ぶ者もいれば、興味なさげにしている者、あからさまにいやがっている者もいる。

「ハロルド様！　ハロルド様はもちろん神官希望ですよね!?」

ひときわ大きな声が聞こえ、アリアは視線を横にずらす。アリアに席をすすめたり目配せしてくれたりした赤毛の少年の周りにわらわらと男子が集まっていた。

（ハロルド様と言うのね）

見るたびに男子生徒に囲まれていてちょっと羨《うらや》ましい。

「四歳で魔物を倒した神童って聞いて、俺《おれ》、ずっとハロルド様を尊敬してたんです！」

「それは誇張されただけだよ」

「ご謙遜《けんそん》を！」

誰も彼もが興奮気味で、一角だけ妙に賑《にぎ》やかだ。羨望《せんぼう》の眼差しを向けているとまたハロルドと目が合ってしまった。びくりと肩を揺らすアリアを見て、ハロルドの口元がふっとゆるんだ。どうやら笑っているらしい。

アリアは慌てて顔を伏せた。

（わたし、なにか笑われるようなことをした……？）

もしかして醜い顔が見えているのではないか。そう思って前髪を直していると、ハロルドは他の生徒たちと談笑しながら講堂を出ていった。

アリアは深く息をつく。

人といっしょにいるのは楽しい。だけど、慣れなくて疲れてしまう。

（そ、そうだわ。馬車を借りないと！）

慌てて廊下に出たが、聖女の姿はどこにもなかった。

建物を把握していないアリアは、くっついてくるディアグレスを気にしつつもうろうろとあたりをさまよった。渡り廊下にさしかかったとき、女子が雨の降りしきる中庭を駆けていくのが見えた。聖女の提案にしたがって、望む神のもとに向かっているのだろう。

「御所ってどんなところなのかしら」

ディアグレスの御所も中庭のどこかにあるのだろうか。ちらりと見上げると、つつっと顔をそむけられてしまった。

（……そうよね。わたしは部外者なのだから、歩き回るなんてとんでもないわ）

食堂に行けば人がいるかもしれない。そこで尋ねようと思案していたら、ディアグレスがいきなり歩き出し、建物から出てアリアを振り返った。無言でついてくるようながしてくる。

（も……もしかして、馬房は中庭にあるの？）

戸惑いつつ渡り廊下から中庭へ出る。

雨は霧となり視界をすっかりふさいでしまい、アリアは何度かディアグレスの姿を見失いかけた。だが、途中で立ち止まって待ってくれたので迷子にはならずにすんだ。

「ディアグレス様、昨日もこうやって道案内をしてくださったんですか？」

質問しても、いつも通り返事はない。

馬房を探して目をこらしていると、霧雨の中、白亜の神殿が見えてきた。

大きな円柱の柱には複雑な模様が彫り込まれ、巨大な石の天井を支えている。どれほどの時間をかけて作られたのか、緻密《ちみつ》な芸術のような建物だった。

「天上の光、あらゆるものの父にして偉大なるはじまりの神、ルシエル様の御前に……」

建物の奥からかしこまった言葉が聞こえてきた。緊張に震える若い女の声は女子生徒のものだろう。

どうやらここは光神の御所のようだ。

アリアが御所に興味を持っていると判断し、わざわざ案内してくれたらしい。神々の配慮だ。否定するのも恐れ多く、アリアはぎこちなく「ありがとうございます」と礼を口にした。

(でも、学生でもないわたしが入って平気なのかしら)

戸惑いに御所を見まわしていると、ディアグレスにぐいっと背中を押された。次いで怒ったようにそっぽを向かれてしまった。

(?? い……行けってこと、よね?)

案内して、背中まで押してきたのに、行ってほしくなさそうな仕草はなんなのか。

アリアは困惑しながらも恐る恐る御所に足を踏み入れた。

「君たちの中からいずれ聖女が生まれる。この中に、僕の寵愛を受けるにふさわしい乙女がいる。だから怯える必要も、恐れる必要もない。僕はたしかに神ではあるけれど、地上にいるあいだは君たちに知識を与える教師の一人でもあるんだよ。気楽に接してくれると嬉しいな」

光神の声は言葉通り親しげだ。

(……怖い神様なのかと思ったけど、優しい神様なのかしら)

アリアは首をひねりつつ建物の奥へと進む。外観から予想もつかないほどに広い建物だ。雨音すら遠ざかっていく。

「光神様は……」

「ルシエルだよ。さあ、低頭していては会話もままならない。顔を上げなさい」

いくつもの衣擦《きぬず》れの音。生徒たちが体勢を変えたのだろう。

「こ……ルシエル様は、いつまで下界にいらっしゃるのですか？」

「僕は基本的に雨のあいだだけだよ。本当は君たちのそばにずっといたいんだけどね」

残念そうな光神の声は、まるで恋人に向けるもののように甘い。どんな状況なのかと疑問を抱きつつ廊下の奥に進むと、正方形に近い巨大な大きなベッドが中央に置かれた、寝室にしか見えない黄金に輝く部屋にたどり着いた。

装飾はすべて黄金でできていた。ベッドの天蓋《てんがい》も、テーブルも椅子も、食器も、花瓶も、燭《しょく》台《だい》も床に敷かれた絨毯《じゅうたん》すらも金糸が織り込まれていた。そして光神は、しどけなく寝台に横たわって、祈るようにひざまずく女子生徒に微笑みかけていた。

色気にあてられ、十人以上いる女子がことごとく虜《とりこ》になっている。その中には、さきほど講堂で騒いでいた女子も含まれていた。

（な、なんて破廉恥《はれんち》な……!!）

濃密な空気にアリアは身震いした。

「知ってるとは思うけど、僕はもともと他の神々よりも聖女が多いんだ。だから、君たちの中の幾人かが同時に寵愛を受ける可能性だってある」

「し、質問をよろしいでしょうか」

中央にいる女子が緊張に声を震わせながらも尋ねた。

「許可する」

「寵愛を受けるには、どのようにすればいいのでしょうか」

光神の笑みがいっそう濃くなった。明かりもなく、明かり取り用の窓すらない部屋なのに、光神を中心に光り輝いて見える。

「それは君たち次第だよ」

ベッドから下りた光神が間近にいる女子の頬をそっと撫でる。とたんに数人の女子が気を失ってその場に倒れてしまった。

(どういう状況なの――!?)

驚愕《きょうがく》していると、光神が視線をあげ壁に張り付くアリアを見た。ぶつかった視線の先で火花が散るかと思った。瞬《まばた》きした光神が艶然《えんぜん》と微笑むのを見て、アリアは胸中で悲鳴をあげながら踵を返し、一目散に逃げ出した。

(やっぱり怖いわ、ルシエル様……っ)

微笑みだけでバクバクと心臓を乱すことができる彼は、神というより別のなにかであるとしか思えない。混乱のまま小雨の中に飛び出すと、運悪く黒いものにぶつかってしまった。

「きゃ……あ、も、申し訳ありません！」

ずぶ濡れになりながら待っていたディアグレスだった。真っ赤《まか》になったアリアの頬に手を伸ばし、そっと包み込んできた。冷たい手だ。おっかなびっくり――そんな表現がしっくりくるような仕草で火照る頬を撫でてから、すっと手を引いて離れていった。

(び……び、びっくり、した……!!)

冷たい指に触れられて、熱は去るどころかますます増してしまった。反射的に両手で頬を押さえながら、アリアはディアグレスにくっついて雨の中を歩く。すると、今度は荒々しい岩肌をさらした石柱も個性的な建物にたどり着いた。石畳も苔《こけ》むして、緑の香りが濃い。広さは光神の御所よりやや狭い程度だが、落ち着いた雰囲気だった。

奥から声が聞こえる。どうやらここも御所らしい。アリアが見上げていると、またディアグレスに背中を押された。ちらりと彼を振り返ると、再びそっぽを向かれてしまう。

(い……行けってことよね??)

困惑しながら足を踏み入れると、奥から荒々しい息づかいが聞こえてきた。

御所の奥では、筋肉ムキムキの大男が、上半身裸で目を疑うほど太い剣を振り回していた。

「その剣はどのくらい重いのでしょうか?」

大地を司る神グランデューク、その肉体美に、七人いる女子がうっとりと見入っている。

「持ってみるか」

見た目は厳《いか》ついが、わりと友好的らしく剣を振る手を止めて女子の一人に差し出した。どうするのか見ていたら、戸惑いつつも受け取った。しかも、重すぎてよろめいている。

「わ、私にも触らせて！」

「私も!!」

みんなが代わる代わる剣を持ち、興奮に声をあげている。そんな女子を眺める地神の眼差しは、小さな子どもを見守る保護者のようだった。

「グランデューク様は普段こんなに重いもので鍛錬を積んでらっしゃるんですか？」

「ああ」

汗を拭きながらふっと微笑むと、厳つい男が見せる優しい表情に皆が頬を赤らめた。

「いっしょに鍛錬を積むか」

恐ろしいことに、部屋の奥に剣が並んでいた。さまざまな太さの剣に、みんなが興味津々で近づいていく。そして、地神の号令とともに剣を振りはじめた。

（よくわからない人たちだわ）

アリアはよろよろとその場を離れディアグレスのもとに戻る。かすかに彼の口が開いていた。もしかしたらなにか言うのかと見つめたが、彼はぐっと唇を閉じて歩き出してしまった。

次にたどり着いたのは、ひときわ細く繊細な円柱としなやかな曲線を描く天井、床は青く輝く石で上品に整えられた建物だった。雰囲気からして水を司る神シルキアイスの御所だろう。

また背を押されるのかと思ったら、今度はディアグレスが先に建物の中に入っていった。

建物は清らかな空気で満たされていた。光神の御所とも地神の御所とも違う、深い水底に沈むように光が揺らめく建物に感銘を受けながらゆっくりと歩く。

床を踏む足すらふわふわと浮いている。

水底に雨のにおいが届かないように、ここにも腐葉土のにおいは届かない。

「私は聖女を多く持たない神だ。寵愛を受けるのは無理だと思ってほしい。どうしてもというのならここに通うことを止めないが、君たちの貴重な時間を浪費してしまう可能性が高い」

研ぎ澄まされた美貌と突き放すような口調、その中にもわずかに見え隠れする配慮という落差。それは、美しい所作とあいまって、独特な空気を作り出す。短いあいだにどんなやりとりがあったのか、三人いる女子はすっかり心酔《しんすい》しているらしかった。

(わざわざ忠告してくださるなんて誠実な方なのね)

感心していると水神に睨まれた。刃のような眼差しにアリアはビクッと体を揺らす。眼力で心臓が止まりそうだ。無意識に胸を押さえると、ディアグレスがアリアの肩を抱くなり踵を返し、御所の外まで連れ出してくれた。

「す、すみません、もう大丈夫です」

深く息を吸い込んでそう伝えると、ディアグレスは再び雨の中を歩き出した。

次にたどり着いたのは色とりどりの布で飾られた派手な建物だった。

(こ……ここは、大気を司る神エステラード様の御所、よね？)

女性的な美しさを持つ神であるせいか、御所も目を疑いたくなるほど派手だった。天井から幾重にもぶら下げられた色とりどりの布には宝石が縫い付けられ、いろいろなポーズを取った風神の石像がそこかしこに置かれていた。

きらびやかで目がチカチカする。

再びディアグレスに先導されつつ建物の奥へ向かうと話し声が聞こえてきた。

「まず言っておくわね。アタシはきれいなものが好きで、醜いものが大嫌いなの。醜いものは一つ残さず滅びればいいいと思ってるわ」

断言するのは大気を司る神エステラードだ。発想が極端すぎてアリアはぎょっとした。

「それから、アタシの愛がほしいなら裁縫は必須よ。知っての通り、アタシたち神々が着るのは聖女候補が作ったものだけ。子猫ちゃんたちの愛がアタシをより美しくするの。この御所を飾り立てるのも子猫ちゃんたちの仕事なのよ」

個性的な衣装や御所は、神々の好みに合わせて聖女候補——女子生徒が作ったものらしい。授業に縫製作業が入っていたのはこのためだろう。

ディアグレスが立ち止まったので、アリアは彼の脇からこっそりとその奥を覗き込んだ。玉座と見まがう宝石をちりばめた椅子に腰かけた風神が、色気を放ちながら笑みを浮かべている。

アリアは風神の言葉に動じたが、女子は当然と言わんばかりにうなずいている。

「裁縫の腕前は国宝級でないとだめよ。最低でも玄人《くろうと》級ね」

高すぎる要求を口にしてバチンと片目をつぶる。対し、女子は恭《うやうや》しくこうべを垂れて「もちろんです」とうなずいている。

十歳までに縫い物は多少覚え、ここ五年は一日の大半を刺繍に費やしていた。狭い部屋の片隅で、人形の服を作り刺繍をほどこすのが男爵家で許された楽しみだったからだ。ゆえに刺繍ならできる。しかし、国宝級だの玄人級だの言われても応えられる自信がない。

聖女になるためには神々に気に入られて寵愛を得ねばならず、神官なら神々から加護を受ける必要があり、聖騎士は魔物と戦うために腕力や体力、戦闘技術を磨くことになる。

どれもあまりにもハードルが高すぎる。

ディアグレスにうながされ、アリアはとぼとぼと派手な御所を後にした。

「ディアグレス様の御所もあるんですか？」

尋ねるとディアグレスがぴたりと止まってアリアを見た。――仮面をしているので〝見ているようだ〟という曖昧《あいまい》な感覚だったが、ディアグレスはアリアから顔をそむけ幾分早足で歩き出した。雨足が激しくなった頃、一つの建物にたどり着いた。柱は風雨ですっかり削られところどころ黒ずんで、天井ももとの形がわからないほど不自然に欠けている。しかも、割れた石畳のあいだから雑草が生えていた。

今にも崩れてしまいそうな廃墟《はいきょ》だ。

(少し雨宿りさせてもらってても平気かしら？　小雨になったら先生を探して馬車を借り……)

男爵家に戻って。

どくんっと胸の奥で心臓が跳ねた。

『恥を知りなさい！』

姉にそう罵倒《ばとう》されたのはいつだっただろう。

『いつも言い訳ばかりするのね。なんて見苦しい子なの。お前が誘惑したのはわかっているのよ！　見え透いた嘘《うそ》ばかり並べないで謝罪したらどう？　本当に汚らわしい子!!』

またあんな日々が繰り返されるのだろうか。姉の叱責を思い出し、アリアはぶるぶると肩を震わせた。

五年前、男爵家で事件が起こった。アリアが部屋に閉じ込められることになったきっかけの事件――姉の婚約者二人が、謎の病に倒れたのだ。

『イレーネお嬢様とコネットお嬢様の婚約者はそろって心臓発作だったらしい。こんな偶然ってあるか？　アリアお嬢様とかかわると死ぬことになるぞ』

庭掃除の手を止め、使用人たちがアリアの部屋を見上げながらこそこそと話し合う。皆、アリアを気味悪がっていた。そして、事件のあった翌日、さらに新たな事件が起こった。

『今度はヴィヴィアンお嬢様の婚約者が亡くなったそうよ。呪われているんじゃないの？』

『男爵家の厄介者』

『コネットお嬢様の婚約者は廃人同然って噂《うわさ》よ。私たち、このまま働いても大丈夫かしら』

『アリアお嬢様が早く死んでくれればいいのに』

原因はわからなかったが、男爵家で立て続けに不幸が起きたのは事実だ。そのせいで男爵家の評価は地に落ち、姉たちの結婚は絶望的になった。すべてアリアの部屋の周りで起こったため、姉たちの怒りは理不尽にもアリアに向けられた。

だから、男爵家に戻ったところで疎《うと》まれるだけ。

(でも、他に行く場所なんて……)

ぎゅっと唇を噛んでうつむくと肩をつかまれた。鳥面がアリアの顔を覗き込んでくる。

「あ……も、申し訳ありません。なんでもありません」

情けないことに声が震えてしまった。必死で作った笑顔も、きっとひどく醜いに違いない。

今は彼の顔が仮面で隠れ、表情が読めないことが幸いだった。

ディアグレスはなだめるようにアリアの肩を撫でる。

(……優しい手)

意思の疎通はできないけれど、案じてくれているのが伝わってくる。

「ありがとうございます」

謝意に、ディアグレスはポンポンとアリアの肩を叩く。彼は辺りを見回し、ちらりとアリアをうかがったあとゆったりとした足取りで廃墟の中を歩き出した。

(奥になにかあるのかしら)

割れた床を気にしながらディアグレスにくっついて奥へと進む。強い横風が吹けば雨は容赦なく廊下の床を濡らし、雑草はますます旺盛に生い茂る。アリアは草に足を取られないよう壁に手をつき体を支えながら歩いた。

他の御所と同じように、その建物にも広い部屋があった。

ディアグレスは石の台座の近くに立った。

「ここは……も、もしかして、ここがディアグレス様の御所ですか⁉」

他の神々とはあまりに異なる建物に、アリアの声も裏返ってしまう。

神が住まう場所は聖女候補が整え、衣装も同様に聖女候補が作ると聞いたばかりだ。ならばこの荒れ方は、死神と恐れられるディアグレスを慕う聖女候補が長いあいだいなかったことを意味しているのではないか。

鳥面をつけ、ボロボロの黒衣をまとい、人々から恐れられる神。

皆が避けるなら――。

アリアはディアグレスに近づいた。

(森で助けてもらえなかったら、わたしはきっと魔物に襲われていたわ。学園内だって、ディアグレス様がいてくれたから迷う心配もなかった)

「ディアグレス様、御所のお掃除をしてもいいでしょうか」

こんなことが礼になるとは思わなかったけれど、それが今アリアのできる精一杯だった。

真剣な提案に、ディアグレスの口元がほんのわずか動いた。

（……え？　い、今、笑った……!?）

アリアが目を瞬くと、彼の口元はいつも通りきつく結ばれていた。

（気のせい？）

それ以上、ディアグレスの表情に変化はない。首をひねりつつ掃除道具を借りるため歩き出すと、ディアグレスはアリアを追い越すなり北棟に向かった。

（足取りが軽いような……）

笑顔が錯覚なら、これも気のせいかもしれない。おとなしくついていくと、彼はあっさりと下女を見つけてくれた。

「掃除道具ですか？　掃除の時間は決まっていて、それ以外の貸し出しは……」

そこまで言った下女は、アリアの背後を見た瞬間、ざあっと青ざめた。なにを見ているのかと振り返ったアリアは、ディアグレスがそっと手を下ろすのを見て小首をかしげた。

「す、すぐに持ってまいりますっ」

下女はその場を去ると、掃除道具を一式持って戻ってきて、アリアに渡すなり風のように去っていった。お礼を言う隙《すき》もなかった。

「……ディアグレス様、なにかされました……？」

無言だ。直接なにかしたようには見えなかったので、アリアは首をかしげつつも掃除道具を抱きしめてディアグレスの御所に戻った。

（まずは掃き掃除……より先に、草を抜かないと）

雨漏りもしているから屋根の修繕も必要だ。腕力がないアリアにとって草むしりだけでも重労働で終わる気がしない。だが、やらなければ先に進めない。覚悟を決めて黙々と草をむしっていると間近に黒い影がしゃがみ込んだ。

ディアグレスが、見よう見まねで草をつかんだ。

「手伝ってくださるんですか？」

思わず口元がほころんでしまう。皆が恐れる神――けれどアリアにとっては、親切で優しい神様だった。

ふと横を見て、石の塊に小首をかしげた。テーブルにしては大きすぎるし高さもない。

（演台でもないし……え？　これ、もしかして寝台……!?）

石の寝台には、ところどころ穴が開き、カビの生えたボロ切れがかけられていた。冷たい石に薄いシーツ――異常な光景である。

「ディアグレス様、いつもここでお休みになっていらっしゃるんですか？」

質問の意図がわからないのか、ディアグレスはちょっと手を止めただけだった。

必要なのは大きな布と糸と針、それからたくさんの綿。小さな布をちまちま刺していたから刺繍はそこそこできるが裁縫自体は自信がない。だが、そんなことは言っていられない。

（ディアグレス様のために快適な寝床《ねどこ》をお作りしないと！）

アリアはぐっと指先に力を込めた。

4

男爵家に戻る前にディアグレスに恩返しを。

そう思ってはじめた掃除は思ったよりはかどらなかった。草が多すぎるのだ。

掃除が終わるか、あるいは姉の代わりに入学した偽物だと気づかれるまで学園にいようと考え、授業中は毎日せっせとノートを取った。

学園にとどまるのはせいぜい数日間のつもりだった。

（ど……どうしよう。もう十日もたってしまったわ）

なぜだか誰からも指摘されない。

入学当初も本人確認はなかったし、雑談ができる友人もいない。学園に来た直後、部屋に入るとき本名を名乗ったが、誰もアリアの名前を呼ばなかったからすっかり忘れ去られてしまったらしい。全能なる神にはすぐに気づかれると思っていたのにこれもない。

ちなみに、案内が不要なほど生活に慣れると、ディアグレスは御所でアリアを待つようになった。神様には食事すら必要なく、ディアグレスがパンを食べていたのもアリアにすすめられ断り切れなかったのだと気づき、授業が終わると雑談を続ける生徒を横目にとぼとぼと食堂に向かうのが日課になった。

ガラガラの食堂でアリアはいつも通りパンと水を受け取って席に着く。しばらくすると、印象的な赤毛の少年と堅苦しい眼鏡《めがね》をかけた茶髪の男子生徒がやってきた。

「ハロルド様、ちゃんと授業を受けてください。三回に一回は不参加って、学生にあるまじき暴挙ですよ」

抗議の声を無視してハロルドがカウンターで魚料理とスープ、パンを受け取る。不機嫌顔の眼鏡男子——アーロンと呼ばれつねにハロルドのそばにいる彼は、同じメニューを下女に頼んでハロルドの隣の席に陣取った。

上品に魚料理を口に運びながら、ハロルドがアーロンに視線を投げる。

「アーロン、今さらだけど僕は剣が得意じゃない。弓も槍《やり》も体術も柔術も得意じゃない」

聖騎士になるつもりはないから授業も受ける必要がない、ということらしい。アーロンの目が吊《つ》り上がった。

「神官の座学だっていつの間にかいなくなってるじゃないですか」

「だってつまんないんだもん」

「〝もん〟じゃありません！　入学早々問題を起こさないでください。先生からの呼び出しも無視してるじゃないですか」

「用があるなら向こうから出向くべきだ」

「これだから金持ちのガキは……‼」

端正な顔でアーロンが盛大に舌打ちしている。

目立つからついつい目で追ってしまうが、関係性がさっぱりわからない二人だ。

「女子と合同授業なら頑張るんだけどなー」

「そのうち色ボケ王子って後ろ指さされますよ」

アーロンが全力で嘆いている。

（……王子……？）

比喩《ひゆ》にしては極端だ。きっとどこか名家の令息に違いない。パンをちぎって口に入れていると「相変わらずすさまじいボッチ生活だなあ」と、小さな声が聞こえてきた。同情と好奇心が半々といった声色が気になって顔を上げると、またハロルドと目が合った。

（ボッチって、わたしのこと？）

慣れない単語に動揺し、前髪をいじって顔を隠す。ディアグレスに〝取り憑《つ》かれている〟だけでも気味が悪いのに、髪で顔を隠し誰とも口を利かないせいで正体が知れず孤立しているのだが、アリアは気づくことなくそそくさとパンを口に運んだ。

視線を感じる。が、顔を上げるとまた目が合ってしまいそうでアリアは戸惑った。

「ハロルド様も食事ですか？」

男子生徒がわらわらと食堂に入ってきてハロルドに声をかける。彼らは昼食を受け取り、いつものようにハロルドを囲むようにして席についた。

「聖騎士の授業って面白いですよね！　ハロルド様の得意な武器はなんですか？　俺は弓です。聖騎士なら剣だと思うんですけど」

短く髪を刈り上げた男子が弓を構える仕草をする。

「剣でも種類がいろいろありますよね。やっぱ大剣ですかね」

皿に大量の料理を盛った長身の男子が思案げにつぶやく。

「憧《あこが》れるよなー、大剣！　魔物を一刀両断！」

男子には聖騎士が人気らしい。しかし、興味がないハロルドは困り顔だった。

「大剣って見栄えがして格好いいよね。でも僕は腕力がないから難しいかな」

みんなが集まってくるのも納得なほどそつなく答え、優雅にスープを口に運ぶ。いいなあ、なんて思って小さく息をつくと、ハロルドが食事を中断しトレイを手に立ち上がった。戸惑う皆に「ちょっと」と曖昧に返すと、心配したらしいアーロンもトレイを手にくっついていく。

ハロルドはカウンターで下女に声をかけ、二つ目のスープを受け取った。

(気に入ったのかしら)

そう思っていたら、予想外のことが起こった。

もとの席に戻ると思っていたハロルドが、なぜかアリアの目の前の席に腰かけたのだ。

そして、驚きに固まっているアリアにスープを差し出した。

「それだけじゃ足りないでしょ。これおいしいよ、食べたら？」

にっこりと微笑む顔は愛らしくさえあった。しかしアリアはすぐに反応できなかった。

（わ、わたしに、スープ？　わざわざ持ってきてくれたの？）

驚きすぎて言葉が出ず、手だけが意味もなくふわふわと上下する。

「スープは苦手？」

重ねて尋ねられ、アリアは再び固まった。スープなんて久しぶりで食感を思い出すだけでも苦労してしまう。だけどきっと、嫌いではなかったはずだ。

ふるふると首を横にふると、ハロルドがほっとしたように目尻《めじり》を下げた。どうぞ、と、すすめられるままスプーンを手に取り、髪の隙間《すきま》から口に運ぶ。

あたたかい飲み物は久しぶりだった。

優しい味つけに、無意識に口元がほころんでしまう。

「ハロルド様、なにを考えてらっしゃるんですか」

「つまらない会話に飽きたんだよ。ここなら静かでいい」

久々のスープに感激していたアリアは、ハロルドの意外すぎる言葉に仰天した。

（楽しんでいるとばかり思って……よかった、誰も気づいてない）

はっと辺りを見回し、アリアは胸を撫で下ろした。男子生徒は皆、ハロルドの突飛な行動に気を取られ、彼の発言自体は聞こえていないようだった。人当たりよく振る舞う理由があるのだろうと一人納得し、アリアはスプーンを置いて改めてハロルドに向き直った。

「以前、ルシエル様が神様を紹介したとき、教えてくださってありがとうございました」

「以前？」

「入学式の翌日です。講堂で……」

「ああ、あの時のこと？　光神が中途半端に死神を紹介したせいで、みんなが振り返って迷惑だったよね。あれ絶対にいやがらせだと思うんだけど」

「ルシエル様が、いやがらせ？」

呆《あき》れるハロルドの言葉をアリアが繰り返すと、アーロンが「言いすぎです」と窘《たしな》めてきた。

「アーロンだってそう思ったでしょ。いやがらせじゃなければ面白がってたんだよ。死神を引き連れた子がどんな反応をするか観察してたんだ。だから、お礼なんて言わなくていいよ」

思いがけない言葉にアリアはぽかんとする。なぜ光神がアリアの反応を気にしていたのか、なぜハロルドがその疑問にたどり着いたのか、さっぱり見当がつかない。

（でも、私がルシエル様を怖いと感じたように、ハロルド様もなにかを感じて……）

「食事のあとはどうするの？」

「え、あ、午後はディアグレス様の御所に行く予定です」

唐突に話題を変えたハロルドにアリアは素直に答える。ハロルドは少し考え、「僕も行っていい？」と、予想外な質問を口にした。

とたんにアーロンの顔が険しくなる。

「アーロンは口出し禁止。あ、食器いっしょに片付けるよ。貸して」

アーロンがなにか言う前にハロルドはぴしゃりと言い捨て、アリアの食器と自分の食器をまとめて持つと返却口へと運んだ。

（いっしょに行ってくださるの？　ディアグレス様のところに？　これから？）

入学以来、学生との交流は皆無だった。

（き、奇跡かしら!?）

思えばハロルドは入学直後から友好的だった。誰とでも親しく接する彼は、アリアとも親しくしてくれるつもりなのだろう。嬉しくて勝手に口元がほころんでしまう。だが、笑顔が見苦しいと姉からさんざん罵倒されたことを思い出し、うつむいてきゅっと口を引き結んだ。

「なんだか不憫《ふびん》ですね」

「たまらないでしょ」

「いえ、自分にそんな趣味はないので」

聞こえてきた会話に顔を上げると、アーロンがケダモノを見るような目をハロルドに向けていた。「純粋な好意だよ」と胡散臭《うさんくさ》い笑顔で答えたハロルドは、続けてアリアに「行こう」と声をかけてきた。

（ハロルド様の気が変わったら大変だわ！）

意気揚々と先導し、雨の中、ディアグレスの御所に向かう。石造りの質素な御所にたどり着くとハロルドが眉《まゆ》をひそめた。

「ここって廃墟じゃないの？」

「ディアグレス様の御所です。少しきれいになりました」

「掃除してるの？　この廃墟を？　ふーん……じゃあ僕も手伝おーっと」

「正気ですか」

アーロンが驚愕の眼差しをハロルドに向ける。

「僕暇だし、アーロンも暇なら手伝って……うわ!?　え、死神——ディアグレス様!?」

ハロルドが御所を見て目を剥《む》いた。廊下の奥、じっとりとした闇の中に異形の仮面がぼうっと浮かび上がったのだ。

声をあげたことを恥じるようにハロルドは咳払《せきばら》いし、胸に手をあて軽く目を伏せた。

「勝手に入って申し訳ありません。掃除の手伝いをしに……」

するりと近づいてきたディアグレスは、ハロルドとアーロンの腕をつかむなりあろうことか廃墟の外に投げ捨ててしまった。

「ディアグレス様、なにをなさるんで……きゃっ」

泥水に転がるハロルドたちを助け起こそうと足を踏み出し、アリアはバランスを崩した。濡れた草を踏んでしまったのだ。体勢を崩し石畳に転がる直前、足下に円をいくつも重ねたような奇妙な紋様が浮かび上がるのが見えた。

「え？」

ふわりと浮き上がった体が石畳の上に下ろされる。奇妙な模様は瞬く間に消えた。

「今の……？」

「なんで僕たち投げ捨てられたの？」

憤慨《ふんがい》するハロルドに、アリアははっと石畳から視線をはずす。

「ディアグレス様、どうして黙ってるんですか？　理由もなく投げたんですか？」

「ハロルド様、相手は死神です」

動転しながら止めに入るアーロンを睨んでからハロルドは唇を尖らせた。

「知らないよ、そんなの。口で言ってもらわないとわからないんだから、僕は理由を訊いてるんだよ。掃除しに来た僕たちにひどい仕打ちじゃないか」

皆が恐れるディアグレスを、ハロルドはまっすぐ睨みつけている。

「しゃべれないのかもしれません。もしくは聞こえないのかも」

「そうは思えないけど」

こっそり言葉を交わす二人を無視し、ディアグレスは座り込むアリアの腹に腕を回してひょいと持ち上げ小脇に抱《かか》えた。そのまま踵を返す彼にぎょっとしていると、

「どうして彼女はよくて僕たちはだめなんですか。ちゃんと言ってくれないとわかりません。

人手が多いほうが効率が上がるのに」

大股でやってきたハロルドが、素早くディアグレスの前に回って訴えた。死神相手にすごい行動力だ。アリアはただただ驚いて目を瞬いた。

「言葉にしないと、ディアグレス様がなにを考えているのかわかりません」

ハロルドの主張にディアグレスが口を開く。いったん閉じ、また開く。

なにかを思案しているように間をあけ、やがて。

「掃除、とは、なんだ？」

静かな声が響いた。深く落ち着いた、甘さを含んだ蠱惑的な声――意外すぎてどぎまぎしてしまったが、どうやらそれは、ディアグレスのものらしい。

「は、はじめてディアグレス様のお声を聞くことができました……!!」

感動に震えるアリアとは対照的に、ハロルドとアーロンは渋面だ。

「ハロルド様、なんかマズいタイプみたいですが」

「僕も予想外だ。けど、まあ、話が通じるなら幸いだよ。――ディアグレス様、ひとまず彼女を下ろしていただけませんか」

ハロルドの求めに、ディアグレスが熟考するように口を引き結び、渋々と、本当に渋々といった様子でアリアを床に下ろした。渋々なのに、仕草が優しい。そしてディアグレスは、離れるなと言わんばかりにアリアを引き寄せたのだ。

コホンとハロルドが咳払いをする。

「掃除というのは汚れている場所をきれいにすることです。こんなところで生活していたら体調を崩してしまいます。――神様は平気でも、人間にはよくない環境です」

「さすが、ハロルド様。言い方が卑怯《ひきょう》です」

アーロンが合いの手を入れると、ハロルドがじろりと睨んでからもう一度咳払いした。そして、ディアグレスに向き直った。

「僕たちにも掃除の許可をいただけますか」

「お願いいたします、ディアグレス様」

ディアグレスが迷っているように感じたので、アリアはすかさず懇願した。すると、彼は肩をぴくりと揺らし、口を開いた。が、また閉じて、さらにもう一度開いた。

「私のそばにいると、呪われるらしい」

ぽつんと聞こえてきた声。

「声を聞くと心が病み、目を見ると、命を奪われると」

「そ、そうなのですか？　大変です!!」

被害は甚大だ。だからみんながディアグレスを恐れているのかと青ざめると、「それ全然他《ひ》人事《とごと》じゃないと思うんだけど」とハロルドに指摘された。

きょとんとするアリアに溜息をついたあと、ハロルドはアーロンを見る。

「どうしよう、アーロン。この二人、ちょっといろいろズレてる気がする」

「実害がないのなら自分は興味ありません」

眼鏡を押し上げてアーロンが断言する。

「そういうやつだよね、お前は。良くも悪くも打算的だ」

がっくりと肩を落としたハロルドは、改めてディアグレスに向き直った。

「僕は呪いの類《たぐい》を気にしていません。だから掃除を手伝わせてください。一人より二人、三人のほうが効率がいいので」

「本当に自分もやるんですか？」

不満顔のアーロンは、ハロルドに睨まれて「仕方ない」と言わんばかりに押し黙った。

「あ、そうだ。自己紹介がまだだったね。僕のことはハロルドって呼んで。彼はアーロン」

ハロルドの言葉にアリアは背筋を伸ばした。聖エルファザード学園に来て人並みの交流ははじめてだ。

「わたしは、ア……あの、ヴィヴィアンと、申します」

本名を言いかけ、慌てて姉の名前を口にする。親切に声をかけてくれた相手に嘘をつかなければならない後ろめたさに声が小さくなり、視線が足下に落ちた。

「え？　アリアじゃないの？　アリア・アメリア。ヴィヴィアンはお姉さんの名前だよね？」

「なぜそれをご存じなのですか⁉」

いきなり言い当てられアリアは動揺した。嘘つきと罵《ののし》られてしまう。そんな恐怖に後じさるとまた草に足を取られ、今度はディアグレスが転ばないよう支えてくれた。

「僕には調べられるツテがあるから。それに、代理入学って一定数いるんだよ。学園側も誰が寵愛を受けるかわからないから、いやがる人を受け入れる必要なんてないわけだし」

ハロルドは身分を偽ったアリアを責めるどころか当然のように受け入れてくれた。それだけで、心が少し軽くなった。

(ここは、男爵家とは違う)

こわばっていた全身から力が抜ける。胸を撫で下ろし、アリアは首をかしげた。

「では、紹介状や入学証があれば誰でも入学できるということですか?」

「厳密に言えば違うよ。ここに金目のものがあると考え、平民が神官を介して取得する紹介状や、貴族が受け取る入学証を盗んで侵入しようとする猛者《もさ》もいる。そういう輩《やから》は聖域で弾かれ、最終的には魔物のエサになるんだ。つまり、聖域に入れた時点で及第点ってわけ」

ぞっとした。どこで及第点と判断されたかわからないが、一歩間違えればアリアも魔物のエサになっていたのだ。

「貴族の子女だって、及第点でなければ簡単に食い殺される。ここに来るのは魔物と戦う聖職者を英雄視した平和ボケの平民と、家督争いの邪魔になる貴族の子、あるいは無理やり代理になった貴族の遠戚か、差し出された養子ってわけ」

ハロルドは複雑な表情だ。きっとなにか思うところがあるのだろう。けれどアリアは男爵家に帰らなくていいという事実に心底安堵していた。

全身から力が抜けて座り込みそうになるアリアをディアグレスがそっと支える。彼が心配してくれているような気がして、アリアは笑顔を向けた。

「ありがとうございます。少し、驚いただけです」

そう告げてから、自分がどれほど男爵家を恐れていたのかを実感した。吸い込む息さえ動揺に震えている。何度か深呼吸を繰り返していると、ハロルドたちがディアグレスを警戒しながら奥の部屋に向かうのが見えた。

「草むしりの途中なの？　奥は寝室……だよね？　え？　なにこれ、ひどっ」

ハロルドが寝室を覗き込むなり声をあげる。小さな草は抜き終えていたが苦戦した大きな草はそのままで、石畳は土まみれだし壁には苔が生え、空気はジメジメとよどんでいる。ハロルドの反応は当然だろう。

(喜ぶのはあとだわ。今は御所を整える時間！)

われに返ったアリアは寝室に入ると石の台座にたたんであった布を広げた。

「今、ベッドに敷くシーツを作ってるところです」

掃除道具を借りた数日後、アリアは下女に布を頼んでいた。ディアグレスが使う寝台用だと伝えたら上質な布を用意してくれた。これならきっと素晴らしい寝床ができるだろう。そう思って宣言したのに、アーロンが溜息とともに額を押さえていた。

「寝室すらまともに掃除が終わってないじゃないですか。こんなの使用人の仕事ですよ」

「死神は千年も降臨しなかった神なんだから、御所の掃除がおざなりなんだよ」

ハロルドが草をつかみながら返すと、「なんで今さら降臨したんですか」と、アーロンも嘆きながら草むしりをはじめた。

アリアはハロルドたちの会話を聞きながら、石でできた椅子に腰かけ針を手にした。

（たしかに、どうして降臨されたのかしら。〝会話〟することも〝掃除〟もご存じないくらい俗世とかかわっていらっしゃらなかったのに）

謎ばかりだ。そんな謎ばかりの神様は、ハロルドたちを警戒するように、縫い物を再開するアリアの後ろに陣取っている。

ちらりと視線を動かした瞬間、指先に鋭い痛みを感じて小さく悲鳴をあげた。

ディアグレスが硬直するのとは逆に、ハロルドは素早く駆け寄ってアリアの指を見るなり眉をひそめた。

「刺したの？　そんな髪型で裁縫してるからだよ。いつもそうしてるの？」

「い、いえ。部屋でディアグレス様の服に刺繍をしているときは髪を上げていて……」

「服も縫ってるの!?」

「刺繍だけです」

アリアがディアグレスの御所を整えていると知った下女は、シーツ用の布といっしょにディアグレスの服も用意してくれたのだ。柔らかく肌触りのいい生地を使った丁寧な作りの黒衣にはすでに装飾がほどこされていたが、女子生徒が手を加えるのが慣例らしいので、アリアも部屋でせっせと刺繍にいそしんでいる。その時には前髪を上げているが、外では顔を隠さなければならず、どうしても視界が悪い。

無意識に前髪をいじると、溜息をついたハロルドがハサミをつかんだ。

「髪を結ぶか切ったほうがいいよ。そのままじゃ絶対に目が悪くなる」

言うなり老婆のような白金の髪にハサミをあてる。

直後、風が巻き起こった。

ディアグレスの左腕がアリアの首に周り、ぐいっと背後に引き寄せられる。驚きに見開かれたアリアの目に、振り下ろされたディアグレスの右腕と、ハロルドを押しのけ身構えるアーロンの姿が映っていた。

「……え……？」

パラパラと落ちる白金の髪を目で追ってから、アリアはもう一度視線を戻した。アーロンの手には短剣が握られ、それがディアグレスの振り下ろした漆黒の剣を受けていたのだ。

二人がいつ剣を出したのか、アリアにはまったくわからなかった。

しかし、わかることがある。ディアグレスが狙《ねら》ったのはハロルドだということ。そして、息を呑んだハロルドが、次の瞬間、ひどく楽しげな笑みを浮かべたこと。

驚喜《きょうき》だ。

「――殺されかけたのに喜ぶのをやめていただけませんか。ハロルド様が死ねば、わが家門も取り潰しです。一人残らず斬首刑です。これじゃ割に合いません」

うんざりした顔でアーロンがつぶやいている。

「退屈してたんだ」

うわずった声で答えるハロルドに、アーロンはますますいやそうな顔をしている。

「ところで、武器の持ち込みは許可されてるの？」

「要人警護です。このくらい大目に見ていただかないと困ります」

アーロンがむすっとしつつ返す。そんなやりとりを茫然と見つめていたアリアは、ぎくしゃくと視線を上げてディアグレスを見た。

(こ……殺されかけた？　ディアグレス様が、ハロルド様を殺そうとした？　どうして？)

状況が呑み込めない。

ディアグレスはアリアの視線には気づかず、ハロルドを見ているようだった。

ハロルドはアーロンを押しのけ、まっすぐディアグレスを見上げた。

「彼女を傷つけるつもりはありません。さっきも言いましたが、その髪型はよくないんです。視力だって悪くなる。僕は切ることをおすすめ……したいと……あ、ごめん」

アリアの前髪の一部が不自然に斜めに切れてしまったことに気づいたらしい。ハロルドが動転しつつ手を伸ばしてきた。

「ちょっと切らせて。あ、髪切るだけですから！　ディアグレス様、攻撃しないで!!　文句あるなら口で言ってください。怪我《けが》したらどうするんですか！」

ビクッと肩をすぼめるアリアに頼み、ディアグレスに訴える。すると、ディアグレスはわずかに首をかしげた。

「安心する」

「しないよ!!　相手が怪我したら安心するってどういう感性してるんですか！」

ハロルドが憤慨すると、「落ち着いてください。言い争いの内容が低レベルですよ」とアーロンが止めた。いつ襲いかかろうかとディアグレスが様子をうかがっているせいか、ハサミを構えるハロルドも警戒気味だ。

「どの辺りから切ればいいかな」

「あ、あの、でも、わたし、見苦しいから顔を見せるなと、お姉さまたちから何度も言われていて、ですので髪型はこのままでも……」

オロオロと訴えると、アーロンがハロルドからハサミを奪ってキリリと構えた。

「そのお姉さま方はここにはいらっしゃいません。いない人間に配慮するのは無意味です。そして、ハロルド様はこういうことが苦手で失敗するのは目に見えているので、生活全般万能な自分が請け負います。毛先も傷んでいるのでついでに切っておきましょう」

言うなりざくざくとアリアの髪を切りだした。顔を見られてしまう――アリアはぎゅっと目を閉じ息を止める。「前髪は思い切って切るか分けたほうがいいですね」と、アーロンの声が聞こえ、アリアは恐怖に肩をすぼめた。

アリアはずっと姉たちの言葉に縛られ、鏡を避け続けていた。だから自分に対する評価はすべて姉たちのものだった。母譲りの淡く輝く白金の髪は老婆のようだと罵られ、長いまつげに縁取られたスミレ色の瞳は媚びを売るためのものだと唾棄《だき》された。通った鼻筋やほのかに色づく小さな口はバランスが悪く、白い肌は死人みたいだと笑われた。

なにもかもが醜い。それがアリアへの評価だ。

だから髪を伸ばし顔を隠すようになった。そうすれば姉たちに好いてもらえるかと思ったが、高く透き通る声すらも聞くに堪えないとますます嫌われてしまった。

「嘘だろ」

ふいに聞こえてきたのは、驚きと感嘆が入り交じったハロルドの声だった。不安に震えながらアリアはそっと目を開ける。

ハロルドが頬を紅潮させ、アーロンは目を見張っている。

「どうやらお姉さま方の美的感覚は相当ズレていたようですね」

「完全にやっかみじゃないか」

呆れるアーロンと、責める口調のハロルド。叱られたように感じたのは、姉たちの叱責を思い出したからだろう。アリアがうつむくと、いきなりディアグレスに引き寄せられた。

手にした漆黒の剣を出入り口に向けている。

「ディアグレス様？　ど、どうされたんですか？」

「だから、なにかあるなら口で言ってもらわないとわからないって——」

声を荒らげたハロルドは、アーロンが身構えると同時に口を閉じて手首を返した。手のひらに小さな光の円が現れる。転びかけたアリアを助けた謎の紋章とよく似たものだ。

アリアは目を瞬き、次いで、息苦しさに視線を上げた。

なにかが近づいてくる。アリアたちがいる寝室に向かって。

薄暗く湿った廊下に人影が現れた、その直後。

「大神に剣を向けるとはなにごとか！」

怒声《どせい》がビリビリと大気を揺らした。震え上がるアリアをディアグレスが保護するように背後に隠し、その隣でハロルドとアーロンが硬直した。ハロルドの手のひらに描かれた模様はかき消え、アーロンが剣を取り落とす。

石畳で跳ねる剣を一瞥《いちべつ》したのは、声の主である大地を司る神グランデュークだった。脇から大気を司る神エステラードがひょこりと顔を出した。

「もー。やめてよ、びっくりするじゃないの。声が大きすぎるのよ、アンタは。見なさい、子

猫ちゃんがびっくりして……きゃー!!　なに!?　アタシ好みの子がいるじゃないっ！」

　高く軽やかな声とともに、アリアの視界が〝色〟にふさがれた。

（な、なんか、甘くていいにおいがする）

　ちょっとうっとりしかけたところで、ディアグレスが風神をアリアから引き剥《は》がした。どうやら一瞬で抱きしめられ、即行で引き剥がされたらしい。

「んもう、ケチね！」

　風神がぷりぷり怒るその後ろから、光を司る神ルシエルと水を司る神シルキアイスが姿を現した。暗い御所が隅々まで光で照らされ、アリアは息を呑んだ。

　生徒の多くが近づこうともしないディアグレスの御所に神々が集《つど》っている。

「それにしても汚い御所ねえ。どうしてアタシがわざわざこんなところに……」

「エステラード！　貴様、大神のお考えに楯突《たてつ》く気か！」

「もー、だから怒鳴らないでよ。雨がやむから大樹に上る前に子猫ちゃんたちにあいさつしたいって言うんでしょ。わかってるわよ、そのくらい」

　どうやら女子生徒であるアリアがいるからわざわざ来てくれたらしい。

「お手を煩わせてしまい、申し訳ありません」

　とっさに謝罪したアリアは、光神の視線にぎくりと肩を揺らした。まるで観察するような眼差しだ。優しげな笑みを浮かべながらも瞳の奥が冷えきっている。

やはり、恐ろしい神様としか思えない。

「――君は、誰の聖女になりたいの？」

光神の意外な質問にアリアは目を瞬いた。つい先刻、男爵家に帰らなくていいと安堵したばかりだ。聖女になるなんて考えもしなかった。

（聖女なんて恐れ多いわ。だけど、魔物討伐の前戦に立つ神官や聖騎士になるにはあまりにも力不足……）

思案してぱっと閃《ひらめ》いた。

「わたしは下女になりたいです」

目を輝かせながらアリアは宣言した。ディアグレスがびくりと体を揺らし、心なしか光神も呆気にとられたように言葉を失っている。

「……下女？」

「はい。テキパキと働いて、料理も上手で、親切で、尊敬しています」

掃除道具も貸してくれたし、シーツ用の布も、ディアグレスの衣装も、上等な刺繍糸も針も、アリアが女子生徒として望むであろうものを完璧な形で用意してくれた。

「――下女」

「はい」

アリアは生き生きとうなずいた。今まで考えもしなかった自分の未来――目標ができた喜びに、アリアはすっかり浮かれていた。

「えー、アタシがもらってあげるのにー」

「あり得ない。誰もが光の聖女を望むべきだろう！」

「……まあ、いろいろな考えがあるからね」

光神が踵を返しよろよろと去っていく。地神は慌てて光神を追いかけ、沈黙を守っていた水神は肩をすくめて歩き出し、最後まで残っていた風神は「じゃあね」とキスを投げつつ去っていった。

嵐《あらし》みたいだ。

ぽかんと見送っていると、

「あはは！　なにあれ、傑作！　神様ってあんな顔するんだ!?　自分が選ばれて当然って思ってるの!?」

「痛快ですね」

ハロルドとアーロンがそろって笑い出した。隣でディアグレスが呆《ほう》けている。

「わたし、そんなに変なことを言いましたか？」

「いいんじゃない？　僕は応援するよ。いい夢だと思う」

「ありがとうございます。頑張ります。ディアグレス様も応援してくださいますか？」

「……お、おう、えんは、する、かもしれない」

ぎくしゃくと答えるディアグレスに、ハロルドが腹を抱《かか》える。

「ブハ！　あははは！」

「ハロルド様、笑うのは失礼ですよ。……ッ……」

止めるアーロンも笑っているように見えるのは気のせいか。

「ねえ、一つ提案なんだけど——姉さまって呼んでいい？」

ハロルドの思いがけない問いに、アリアはもう一度ぽかんとした。聞き間違いかと思い、すぐに返事ができなかった。

「僕、姉さまのことが気に入ったんだ。とてもとても——」

ふっとハロルドの口角が上がる。好奇心にきらめいていた緑の瞳がゆっくりと細められ、まるで雨の日の森のようだった。

「興味深い」

胸騒ぎを覚えるような微笑みで、ハロルドがささやいた。

第二章　魔が棲《す》む森

1

「半端者《はんぱもの》のお前にふさわしい仕事をくれてやる」

玉座に腰かけ、魔物の王はそう告げた。

「成功すれば貴様の望みを叶《かな》えてやろう。しかし、失敗すれば死を与える。褒美か、凄惨《せいさん》な死――それが貴様の未来だ」

上位種の魔物が一匹死んだところで、魔物の王には痛くもかゆくもない。せいぜいが、取るに足らない駒《こま》が一つ欠けた程度にしか考えないのだ。

それでも、取引条件としてはこのうえなく魅力的だった。

今まで彼を見下してきた魔物の王を見返す好機にもなる。

魔物の王より下された命令を完遂すれば、魔物たちが瞬く間に世界を呑《の》み込むだろう。その後に訪れるのは、死と殺戮《さつりく》、力だけが支配する混沌《こんとん》だ。

人は家畜と成り下がり、ちっぽけな魔物は淘汰《とうた》される。

「いいだろう、やってやる」

半端者だからこそできることがある。

ニッと口角を引き上げると、鋭い犬歯が闇夜《やみよ》に光った。

2

夕食のとき、食堂が静まり返ったのが気になった。

居心地が悪くて小さくなるアリアに、ハロルドは「気にしなくていいよ」と笑顔で断言した。アーロンは「面《つら》の皮一枚でここまで露骨に反応が変わるとは思いませんでした」と呆《あき》れ顔だった。最近は御所《ごしょ》に引きこもっていたディアグレスが食堂にくっついてきたので、空気がますますおかしくなった。

しかしアリアは、〝姉さま〟と呼びかけてくるハロルドが気になってそれどころではなかった。意図はさっぱりわからないが、実の弟より親しげに接してくれるのだ。

おかげで、ハロルドの不審な笑みに胸騒ぎを覚えたのに警戒心がすっかりゆらいでいた。

それに、下女になるという目標もできた。

すべてがいいほうに動いている。そう思えた。

学園生活に早く慣れようと、その日は意を決してベッドで横になった。

そして翌朝。

「ディアグレス様は、地上にとどまっていていいんですか？」

制服に着替えて廊下に出ると、ディアグレスがなぜだか再び出待ちをしはじめた。他の神々は大樹に帰ったのに彼だけが地上にいる。それが不思議だった。

「…………下女に」

ぽつんと聞こえてきたディアグレスの声にアリアははっとした。〝下女〟で思い当たるのは、昨日《きのう》、光神に目標を告げた一件である。どうやら彼はアリアのことを考えてくれていたらしい。

アリアは大きくうなずいた。

「頼れる下女になれるよう、頑張って学びます」

「……下女……」

晴れやかに微笑《ほほえ》むアリアと、ショックで絶句するディアグレス。ここにハロルドがいたら爆笑していただろうが、微妙にずれた会話は進展することなく終了してしまった。

（ディアグレス様が地上にとどまって応援してくださるんだもの！　頑張らないと！）

間違った解釈のもと意気揚々《ようよう》と食堂に入り、直後にぎゅっと肩をすぼめた。

なぜか皆がいっせいに振り返り、固まったのだ。誰《だれ》も彼もがぽかんとしたあと肩を寄せ合うようにして集まり、何度も繰り返しアリアを睨《にら》んできた。そう、何度も何度も鋭い目つきで。

ちなみに彼らが交わしていた話の内容はというと。

「昨日の美少女は錯覚じゃなかった……!!　制服を着てるってことは生徒だよな？」

「今ごろ入学？　ノート貸したらお近づきに……って、後ろにいるの死神!?　待て、じゃああの子って、入学式に遅れてきた物乞《ものご》いみたいな女!?」

「俺《おれ》、友だちになりたい!!」

「落ち着け、早まるな。下手《へた》に近づいたら呪《のろ》われるぞ」

「この際呪われても……っ」

「男子調子よすぎ」

「本当だよね。今までさんざん気味悪がってたのに、ちょっとかわいいからってさ」

「ちょっとじゃないだろ！　美少女！　あれこそ美少女だろ!!」

そんな感じで、前夜に引き続き目立っていた。男子の多くはアリアの可憐《かれん》さに目を奪われながらもディアグレスが恐ろしくて近づけず、女子の多くはそんな男子に白い目を向けているのだ。

しかし、そんなやりとりはアリアには伝わらない。じろじろ見てくる視線は姉たちの軽蔑《けいべつ》の眼差《まなざ》しと重なり、内緒話は陰口に見え、すっかり怯《おび》えてしまっていた。

（やっぱり見苦しいんだわ。お姉さまの言葉をちゃんと聞いておけばよかった。なんとかして顔を隠さないと……あ！　そうだ!!）

ハロルドのすすめでパンとスープを食べたアリアは、急ぎ足でいったん部屋に戻り、カバンの奥から引っぱり出した紙袋に穴を二つ開け、すっぽりかぶると講堂へ向かった。

どよめく講堂にビクビクしながら隅の席に座る。

「姉さま」

ハロルドの声。だが、顔を上げても視界に彼の姿が入ってこない。正面に合わせて穴を開けたせいで視界不良なのだ。両手で紙袋を押さえ顔を上げると呆れ顔のハロルドが見えた。

「紙袋なんてかぶって、転んで怪我《けが》でもしたらどうするの？」

質問するなりアリアの頭から紙袋をさっと取りのぞいた。

「転ばないようにゆっくり歩きます。だから紙袋を返してください。顔を隠さないと」

「顔を隠す必要なんてないよ」

生徒たちの視線に気づき、アリアは両手で髪をつかむと顔の前に持っていく。しかし、背後にいたディアグレスがせっせと直してあっという間に元通りになってしまう。

（うう、ディアグレス様がいじわるを……っ）

肩越しに振り返るも、仮面のせいでディアグレスがなにを考えているのか読めない。

「ディアグレス様、このままではみんなを不愉快にしてしまいます」

「アリア嬢の容姿は相手に不快感を抱かせるものではないと自分は判断します」

ディアグレスに訴えたら、横からアーロンが口を挟んできた。とたんにハロルドがむすっと唇を尖《とが》らせる。

「あーあ、こんなことなら髪なんて切るんじゃなかった」

ハロルドは唇を尖らせたままアリアの右隣に腰かけた。すると、ディアグレスが対抗するようにアリアの左隣に陣取り、アーロンまでハロルド側に腰かけた。

いっしょにいてくれるのは嬉《うれ》しい。生まれてはじめての快挙だ。けれど、さらに注目されて生きた心地がしない。

しばらくすると神官と聖騎士、さらに下男たちが剣をかかえ講堂に入ってきた。

神官は金糸で刺繍《ししゅう》をほどこされた白い長衣《ちょうい》で、聖騎士はそのうえに胸あてと肩あてという簡素な防具をまとっていた。聖騎士は、じろりとアリアを見てかすかに眉《まゆ》をひそめたあと神官に話しかけ、演台へと移動した。なにか言われるのではと身構えていたが、口を開いたのは聖騎士ではなく神官だった。

「本日の授業は実地訓練となります。好みの剣を選んでください」

神官が出した謎《なぞ》の指示に生徒たちは戸惑いながらも席を立ち、下男が運んできた鉄の塊のような大剣や、騎士が持つ一般的な剣、幾分細い剣、先端だけが鋭利になっている棒状の剣、中剣、短剣、反り返った剣、片刃の剣とさまざまあるものの中から思い思いに選んでいく。遠巻きに様子を見ていたアリアたちは、残った中からハロルドが体に合わせて中剣を、アーロンは通常の剣を、アリアが短剣を手に取った。

剣は本物だった。鞘《さや》から抜いて仰天するアリアとは逆に、座学に飽きていた生徒たちは興奮気味に神官に続いて講堂を出ていった。

「僕たちこれから授業だから、ディアグレス様は留守番ね。他《ほか》の神様は大樹に戻ったし、ディアグレス様も遠慮せず戻ったら？」

ハロルドは勝ち誇ったように言い、アリアの手をつかんだ。

一方のアリアは、はじめて持つ剣と〝実地訓練〟という言葉に心細さを覚えていた。

（そばにいてほしいなんて……わがままよね）

不安を悟らせまいと笑顔を作り、「行ってきます」とディアグレスに声をかけ廊下に出た。

「先生役の聖職者が二人ってはじめてだよね。なにをするんだろう」

のんびりと廊下を歩きつつハロルドが首をひねる。聖女が二人、神官が四人、聖騎士が三人、計九人が講義にかかわる聖職者の数だが、基本的に授業は一人で受け持っていた。

建物を出た生徒たちは、神官と聖騎士に続いて危険なはずの森へ入っていく。

昨日まで降り続いていた雨で森全体が洗われ、木々が陽光に輝いている。木漏れ日の美しさに感動しながらしばらく歩くと、神官が柵《さく》の前で立ち止まった。

なにかの侵入を防ぐにしては低すぎる腰丈の柵。神官がそれを指さした。

「この柵の内側が聖域です」

アリアは思わず足下を見た。

（……あ……だから……!!）

森に置き去りにされたときのことを思い出す。ディアグレスに案内されるように柵を越えたとき、空気が変わった気がした。

（この柵が森と聖域の境目だったんだわ）

納得していると、

「では、聖域から出てみましょう」

神官が、恐ろしい一言とともに柵に取り付けられた木戸を開け、聖域の外へと出ていった。

森が危険な場所だと知る生徒たちは、互いに顔を見合わせなかなか動かない。

「先生、神域と聖域の違いを簡潔に述べるとしたらなんでしょうか」

場違いな言葉が生徒たちの中から聞こえてきた。手を挙げて質問したのは、入学初日、部屋を間違えたと言って出ていったきり戻ってこなかった茶髪の少女だ。細身の剣を腰に下げ、真剣な表情を神官に向けている。

神官は足を止めて生徒たちに向き直った。

「神域に関しての講義はまだでしたね」

ふむっとうなずき「では簡潔に」と前置きした。

「神域は神の力を借りて作られた絶対領域で、聖域は聖女が作り出した聖石で形成された聖なる領域です。神域が限られたごく狭い範囲であるのに対し、聖域は、町や、町同士を繋《つな》ぐ交易路にほどこされるなど広範囲にわたります」

そこまで説明してから微笑んだ。

「魔物を恐れる気持ちもわかりますが、これも授業です。聖域を出てください」

指摘は間違っていなかったらしい。少女が肩をすぼめている。

「聖職者の多くは魔物討伐の最前線に立たされます。魔物を恐れて聖域にとどまっていては戦えません。とはいえ、君たちはまだなんの資格もない生徒です。対処しきれないような魔物が出たらまず聖域に逃げ込みなさい。弱い魔物は聖域に入れず、強い魔物も弱体化します。そこから先はわれわれ聖職者の仕事ですからね」

頼もしい宣言に、生徒たちは怖々と柵を越える。

「ドロシーは魔導国出身なんでしょ？　魔導国には聖域がないって聞いたけど」

「聖域はないけど魔導師が作った結界があるの。結界から出たの生まれてはじめてだから落ち着かなくて」

楽しげな声がアリアの耳に届く。どうやら茶髪の少女は魔導国出身でドロシーというらしい。

魔導国は北にある国で魔導師がたくさんいる。食堂で皆の話を盗み聞きして知ったが、照明やシャワーなどは、魔導国の最先端技術が採用されているそうだ。汚れたものが消えるのも、気づけば洗濯したての服がベッドに置かれているのも魔導国の技術なのだ。

「へー。結界ってそんなにすごいの？」

「火炎魔法で魔物を焼き尽くしちゃうんだよ。残るのは魔石だけ。魔導国の周りは、だから木が少ないんだよね。聖域って目に見えない壁みたいなもので魔方陣じゃないから不安で」

「精霊国も聖域がないんだっけ？　いつか行ってみたいなー」

「私も行きたい！　精霊見てみたい！」

羨《うらや》ましいことに、ドロシーは他の生徒たちとすっかり打ち解けていた。いまだに友人がいないアリアとは雲泥《うんでい》の差だ。

否、一人だけ親しい人ができた。

「姉さまは魔物を見たことがあるの？」

寄り添うようにくっつきながら、ハロルドが尋ねてくる。

「ずっと屋敷にいたので、まだ一度も見たことがありません。……あの、わたしのそばにいてもいいんですか？　お友だちが怖がって……」

「ん？　いいの、いいの。〝お友だち〟は僕が気になってるわけじゃないし、僕は姉さまのそばにいたほうが楽しいからね」

そう言って腕を絡ませてくる。アリアはにっこり微笑むハロルドに気を取られ、どよめく男子が「羨ましい」「抜け駆けだ」とつぶやいていることに気づかなかった。

なにせ、半分だけ血の繋がった実の弟はアリアに興味がなく――むしろ姉たち同様にアリアを軽蔑して口もきいてくれなかったから、こうして慕われると舞い上がってしまうのだ。

（弟が一人増えたみたいで嬉し……はっ！　アーロン様が睨んでいるわ！）

肩をすぼめるアリアに気づき、ハロルドが苦笑する。

「アーロンは気にしないで。彼は神経質なんだよ。自分が無茶するのは平気なクセに、僕がちょっと違う行動をするとすぐに心配してとんでくるんだ。行こう、姉さま」

本当に仲のいい姉弟になった気分だ。

「それにしても、神様って謎だらけだよね。寵愛《ちょうあい》や加護で人に力を貸すなら、自分たちで魔物を倒せばいいのに。なんで僕らが苦労しなきゃいけないのか意味がわからない。死神の攻撃性も謎だし」

「攻撃性？」

「それに、地神はいちいちうるさいし、風神は鬱陶《うっとう》しいし、水神はなに考えてるか全然わからないし、光神は――信用ならない。僕の子どもたちとか言っときながら薄っぺらい」

「ハロルド様、あまり露骨に非難されると命にかかわりますよ」

アーロンに窘《たしな》められてハロルドが肩をすくめたとき、前を歩く生徒たちが騒ぎ出した。

獣の唸《うな》り声がして、女子が悲鳴をあげる。

とっさにアーロンが身構える。アリアは前方を睨むハロルドに腕を引かれ立ち止まった。

「落ち着いてください。これは魔物の中でも下等種です。ローウェン！」

神官が聖騎士の名を呼ぶ。聖騎士は剣を抜き、犬より一回り大きな獣型の魔物と向き合った。

額から赤い角が生え、めくれあがった口から覗《のぞ》く牙《きば》も血のように赤い。

「魔物を倒すもっとも効率的な方法は、聖女や神官が祈りを捧げ加護を付与した武器での攻撃です」

威嚇《いかく》する魔物が目の前にいるのに、神官は怯える生徒たちに淡々と説明する。

「人には心臓があるように、魔物には心臓の代替品――核と呼ばれるものがあります。核を確実に破壊することにより活動を停止し」

聖騎士は襲いかかる魔物を軽くよけ、すれ違いざまに剣を深々と魔物の胸に突き立てた。

どっと音をたて、魔物が草の上に倒れ込む。

「魔力が結晶化します」

神官は驚きの声をあげる生徒たちを一瞥し、聖騎士から受け取った剣の先で魔物の死体を幾度か突き刺した。

「……この魔物には結晶化するほどの魔力はなかったようですね。結晶化した魔力は魔石という形で残ります。魔力が多い魔物ほど凶暴で狡猾《こうかつ》となるため、魔石は必ず回収しなければなりません」

はいっと生徒たちが返事をする。

「ちょうどもう一匹魔物が来ましたね。怪我をしても私が浄化するので、仮に毒があっても命を落とすことはありません。手にした武器で倒してみなさい」

神官の言葉に生徒たちは動揺して固まった。木々の奥からサルのような魔物がこちらをうかがっている。魔物は薄い唇をめくり上げて威嚇してきた。

「あれも下等種の魔物だ。機敏で腕力も強いが、知能は低いから今のお前たちでも問題ないだろう」

聖騎士が告げると、生徒たちは緊張気味に剣を鞘から抜いた。威嚇しつつ近づいてくる魔物を囲うように剣を構え、その包囲網をじりじりとつめていく。

出遅れたアリアはハロルドといっしょに魔物を取り囲む生徒たちを見た。

構えた剣がいっせいに振り下ろされる。とっさに攻撃をよけた魔物が別の剣に斬《き》りつけられ絶叫する。入れ代わり立ち代わり、生徒たちが魔物を刻んでいく。

「お前たちが今使っているのは、加護が付与されていない通常の武器だ。わかると思うが、傷はつけられても核を確実に壊さないと致命傷にならない」

「だから加護のある武器は高値で売買されるんですね」

生徒の一人が声をあげると、神官と聖騎士は同時に肩をすくめた。

「聖水や武器の売買は、聖職者の大切な収入源だ。われわれも生きていくために、それなりに金銭が必要になるからな。さあ、魔物が動かなくなったぞ。核を探してみろ」

剣で繰り返し斬りつけられた魔物がビクビクと痙攣《けいれん》している。

（な、なんなの、これ……!?）

聖職者を目指す者たちの所業《しょぎょう》とは思えない。いくら相手が人を襲う魔物だとしても、こんななぶり殺しのような扱いはひどすぎる。気分が悪くなって、アリアはよろめいた。

生徒たちが素手で、あるいは剣を使い、さらに魔物を細かく切り分けていく。

核を壊さない限り生き続ける魔物は、痛みと恐怖で悲鳴をあげた。

「……っ……!!」

もうそれ以上見ていられず、アリアは顔をそむけるなりその場から逃げ出した。

(あれが聖職者の目指すもの!?　あんなことが!?)

木の根に足を取られて転倒した。ぶつけた膝《ひざ》が痛い。けれど魔物はそれ以上の痛みを今も与えられている。耳底に残る叫び声にアリアは両耳をふさいだ。吐き出す息が震える。目をつぶっても生徒に襲われ絶望する魔物の顔が思い浮かぶ。

うめき声に顔を上げると聖域を示す柵が見えた。柵の内側に男が倒れている。二十代前半とおぼしき男は、黒いボロ切れをまとい、ぴくりとも動かなかった。

「ど……どうか、したんですか？」

魔物と対峙《たいじ》せずにすむ、そう思っただけで安堵《あんど》に全身から力が抜けそうになりながらも柵を越え、小走りで男に近づいた。褐色の肌にぼさぼさの黒髪、苦しげに寄せられた太い眉、額に浮く汗。ただ事ではないとすぐに察した。

「わたしの声が聞こえますか？」

声をかけるも返事はない。男の近くに紙が落ちているのを見てアリアは少し驚いた。それが紹介状だったからだ。

(どう見ても二十代よね？　生徒として入学できるとは思えないのだけれど……)

困惑していると男の薄い唇からうめき声が漏れた。

「少し辛抱してください。今、先生を呼んできます」

踵《きびす》を返したアリアは、柵を跳び越えるハロルドに気がついた。遅れてアーロンが走ってくる。

「ハロルド様、行き倒れです。怪我か病気かわかりませんがとても苦しんでいて……」

駆け寄ったハロルドは首をかしげ、男に顔を寄せたあとつつっと離れた。

「これ、魔物の上位種じゃない？　気配が人間と違う」

「気配……？」

思いがけない言葉に倒れている男に視線を戻す。外見は人だ。それ以外には見えない。角もなければ鋭い牙もなく、ただ苦しんでいるだけの人に見える。

「魔物は聖域を越えられないと……」

「それは下等種の場合ね。弱体化するけど強い魔物は抜けられるんだ。紹介状を持っているなんて見るからに怪しいし、ひとまず核を壊しておこうか。人型なら核の位置がわかりやすい」

「待ってください！」

剣を抜くハロルドにアリアはぎょっとした。胸を刺したら死んでしまう。

「魔物じゃないかもしれません。紹介状を盗んで侵入しただけの人かも……」

そんな人間はそもそも入れないと教えられていたが、聖域に入れる〝及第点〟の基準は不明なままだ。無理やり侵入して動けないだけという可能性だってあるかもしれない。

「じゃあ先生を呼ぶ？　先生を呼んで、もし魔物だったら、生徒が切り刻むと思うよ。いい経験になるだろうから」

ハロルドの言葉にぞっとした。人の形だろうとそれが魔物であれば、生徒たちは躊躇《ためら》いながらも剣を構えるだろう。苦痛と絶望の中で死んでいく姿を想像すると恐怖で息が詰まる。

「せ、聖域の、外に……」

「それは自分が阻止させていただきます。聖域から出たとたん襲いかかってくるのがオチでしょう。本当に上位種であれば危険すぎます」

アーロンが柵の前で身構える。立ち上がろうとしたアリアは服を引っぱられて座り込む。意識のない男が、助けを求めるようにアリアの服をつかんでいたのだ。

「お願いします。目を覚ますまで、魔物かどうか判断がつくまで看病を……!!」

アリアは懸命に訴える。弁解の機会さえ与えられない男と、男爵家での自分の姿が重なっていた。一方的な断罪。それが〝当たり前〟だと黙認されるのが恐ろしい。

震えながらも男を庇《かば》うアリアに、ハロルドは溜息《ためいき》をついてアーロンを見た。考えるように押し黙ったアーロンは、「わかりました」とうなずいた。

「ひとまず、ここに転がしておくわけにはいかないので移動させましょう」

「あ、ありがとうございます」

「お礼はハロルド様に言ってください。自分は反対なので」

反対だが、ハロルドが了承したから協力してくれる気になったらしい。

「ハロルド様、ありがとうございます」

「こんなことで姉さまに嫌われたくはないからね。それで、どこに運ぶの？　まさか死神のところじゃないよね？」

ハロルドの問いに、アーロンは「一瞬で敵認定されます」と答え森の奥を指さした。

「実はいい感じの小屋を見つけてありまして。いずれなにかの役に立つかとチェックしておいたのですが、意外と早く使うことになって自分の先見の明に震えています」

「……お前は普段からなにをやっているの」

「自分が暮らすなら、どこになにがあるか把握しておくのは当然です」

呆れ顔のハロルドの手のひらにうっすら光の円が浮かび上がった。錯覚かと目を瞬いていると、ハロルドは円を押しつけるように男の両腕をつかんだ。刹那、弛緩していた男の体がかすかに震え、ハロルドは「祝福にこの反応か」と思案げにつぶやいた。なにをしたのかよくわからないまでも、ハロルドが男に否定的な感情を抱いているのが伝わってきた。

気が変わったのではないか。アリアはそんな不安を覚えたが、アーロンが男の足をつかむとそのまま歩き出した。

東棟と北棟、南棟、そして死神の御所が主な活動範囲だったアリアは、森の一部が聖域に含まれていることも、その聖域の中に校舎以外の建物があることも知らなかった。

森を進むと古い小屋が立っていた。小屋の脇《わき》には丸太が幾本か放置してある。

「伐採小屋か。しばらく使ってないみたいだし、不審者を軟禁――じゃなかった、保護するにはちょうどいいかもね」

丸太小屋に入ったハロルドは、壁に掛けてある大きなノコギリや斧《おの》を見て納得した。ベッドのように気の利いたものはなく、たたんであるシーツを広げてその上に男を寝かせる。

「彼に必要なのは休息と食べ物だろうから、夜にでも運ぶといい」

「わかりました」

神妙な顔でうなずくアリアを見て不安を覚えたように、ハロルドが言葉を追加する。

「一応言っておくけど、死神には気づかれないほうがいいよ。あの神様、姉さまとそれ以外っていう単位でしか人を見ていないようだから」

「わたしと、それ以外、ですか？」

「僕の名前も覚えてないんじゃないかなあ」

昏々《こんこん》と眠り続ける男を見おろしながらハロルドが大げさに肩をすくめる。

「そろそろ戻りましょう。先生に不信感を抱かれるのは避けたいので」

心配ではあったが、アーロンの提案でアリアたちは丸太小屋を出ることになった。

解体される魔物を見て気分が悪くなった生徒が何人かその場を離れていたため、運良くアリアたちが咎《とが》められることはなかった。

数匹の魔物が新たに切り刻まれ、生徒たちが嬉々《きき》として魔石を取り出している。

そんな光景に、アリアは激しい動揺と恐怖を覚えるのだった。


今日の授業はあまりにも苛烈《かれつ》だった。

一部生徒は刺激的な授業内容に興奮していたが、怯える生徒も、そのまま自室に戻ってしまう生徒も多くいた。

アリアは気分が悪くなった生徒の一人だが、ゆっくり休んだおかげで、ハロルドたちとともにディアグレスの御所に行くまでにはなんとか取り繕えるくらいに回復した。

ハロルドに言われた通り留守番をしていたディアグレスは、アリアを見つけるとふわふわとついてきた。右へ行けば右へ、左へ行けば左へ、椅子《いす》に腰かければ少し離れたところで待機する。そして、ときおり口をわずかに開き、また閉じるのだ。

「ディアグレス様、どうかされたんですか?」

さすがに気づかないふりをするのも限界で、アリアは思い切って質問をぶつけた。意思疎通に会話が必要だと理解してくれたらしい彼は、思案げに口を開いた。

「においがする」

「汗くさいですか!?」

今日《きょう》の実地訓練は恐ろしさのあまり冷や汗をかいた。自分では気づかなくても、におっているのかもしれない。ディアグレスから距離をおくと「魔物の」と、続けて聞こえてきた。

魔物のにおい。思い当たるのは一つだ。

(丸太小屋の人、本当に魔物だったの?)

ハロルドの言葉通りなら上位種だ。

「ま、ま、魔物、は、今日の授業で森に行って、魔物を倒したりしたので、そのせいではないかと思います。においますか?」

授業では魔物に近づいていない。だが、そう誤魔化すしかなかった。

とっさに行き倒れの男を匿《かくま》ったが、魔物であるならとんでもない違反行為である。

「におい、意外とつくんですね。気をつけます」

アリアは笑顔を引きつらせる。

「姉さま、ちょっといい?」

ハロルドに呼ばれ、アリアは逃げるようにディアグレスから離れた。

「た、大変です！　わたしから魔物のにおいがするとディアグレス様が！」

「落ち着いて。そんなにオロオロしたらバレるよ」

ぴたっと口を閉じる。

丸太小屋にいる男の体に大きな怪我はなかったから、さしあたって治療の必要はない。日が落ちる前に毛布を用意し、動けるようになったら自力で聖域を出てもらうのが理想だ。

(そ、そうよ、落ち着かなきゃ。まだ魔物だと確定したわけではないのだから)

落ち着いて、次にやるべきことを考える。

「下女の方に毛布と食事をいただいて届けてきます」

ゆっくり体を休めるためにも寝床の確保と食事は急務だ。アリアは小声でハロルドにそう告げて御所から出た。

そのとき、彼女は気づいていなかった。

仮面の下からじっと彼女を見つめる死神の眼差しに。


寝具を一式頼み、パンを用意してもらった。下女に不審げな顔をされたので、〝御所に必要になった〟と、とっさにそう付け足した。

(嘘《うそ》をついてしまったわ。シーツ用の布はもう用意していただいてるのに……)

きっと変に思われただろう。男爵家だったら激しく罵倒《ばとう》される状況だと思うと、気持ちが沈んでいってしまう。

（ディアグレス様にも丸太小屋のことを内緒にしているし）

今までアリアは男爵家で従順に生きてきた。部屋から出るなと言われれば、五年間、許可が出ない限りけっして自分から出ようとはしなかった。与えられたパンだけを食べ、服も使用人が着るよりはるかに粗末なものを着て、暖炉もない物置部屋で、冬は震えながら眠った。

男爵家の厄介者――他人を不幸にする娘。

学園に来て避けられ続けたとき、「やっぱり」と思った。どこに行っても嫌われ避けられる運命なのだとそう思った。

（本当に、お姉さまたちの言っていた通り……でも）

意識のない相手を無下《むげ》にできない。せめて目を覚ますまでは匿って、どうするかは彼が目を覚ましたときに考えたい。

（魔物かどうかは、目を覚ませばわかることだわ）

魔物なら上位種でも結界内では弱体化するというし、焦って結論を出すのは早計だ。自分にそう言い聞かせ、アリアは再び歩き出す。途中で何度も立ち止まって誰にも見られていないことを確認し、丸太小屋にたどり着いた。

「大丈夫ですか？　パンを持ってきたんですが……」

アリアが声をかけても、昏々と眠り続ける男はぴくりとも動かない。

(起こして食事をとってもらったほうがいいのかしら。それともこのまま寝かせるべき?)

判断がつかない。こんなことならハロルドについてきてもらえばよかった。

(い、いいえ、だめよ。ハロルド様がここに来たら、きっとアーロン様まで同行するわ。三人が一度にいなくなったらディアグレス様が不審に思うはず)

ここはアリア一人で対処しなければならない。

布でパンを包むと簡単に掃除した木箱の上に置き、毛布を広げて男にかけた。次いで、頭を持ち上げて枕《まくら》を突っ込んだ。

「……何日もこのままだったらどうすればいいのかしら」

人間ならきっと衰弱してしまう。では、魔物なら。魔物であればどんなことになるのか。人が食事をとるように、魔物は生命維持に魔力が必要になる。その魔力を補うために魔物同士が捕食しあうこともあるらしい。

「……魔石が魔物討伐で手に入るなら、きっと学園にも保管されて……」

そこまで言ってわれに返った。とんでもない考えに動転する。魔石を盗んで魔物に与えるなんて、危険極まりない違反行為だ。

落ち着こうと深呼吸を繰り返した直後、なんの前触れもなくドアが開いた。

「ハロルド様? どうされたんで——……」

言葉が途中で途切れてしまった。振り返ったアリアは、ドアを開けた人物がハロルドよりはるかに長身で、そして、白ばかりが目立つ学園で異様とも取られかねない黒ずくめであることに気がついた。

「ディアグレス様、どうしてここに」

問いかけたあと、はっとわれに返って男を庇うように両手を広げた。

「あ、あの、この方は行き倒れで、しばらくここで療養したら出ていっていただく予定です。ですから、心配いりません。黙っていて申し訳ありませんでした」

懸命に訴えていると背後で物音がした。

(え？　こ、このタイミングで!?)

眠っていたはずの男が動くのが気配でわかる。アリアは青ざめながらも、できるだけ不自然にならないよう振り返った。案の定、男が体を起こしていた。

「よ……よかった。体調はいかがですか？　パンをお持ちしました。中に干し肉とチーズが挟んであります。よかったらお食べください。ディアグレス様、少しお待ちくだ……」

腕を突き出したディアグレスが開いた手をそっと握り込んだ。視界の端に飛び込んできた一連の動きに、首筋を冷たいもので撫《な》でられたような気がした。

(なに、あの動き……まるで、なにかを潰《つぶ》しているような)

ざっと鳥肌が立つ。

ディアグレスが拳《こぶし》に力を込めた直後、背後から男のうめき声が聞こえてきた。

腕を振り上げた妙な体勢で、男がゆっくりとシーツに倒れ込んでいく。

「大丈夫ですか!?」

硬くこわばった体が弛緩し、肩を揺すっても反応がない。なにが起こったかわからなかったが、男の息が止まっているのだけは理解できた。

「ディアグレス様、一体なにをなさったんですか？」

悲鳴のような声でアリアが問うと、ディアグレスは手を開いた。

「潰した」

どこまでも淡々とした口調にアリアは激しく動揺した。まさか、そんな思いでディアグレスを見る。喉《のど》がカラカラに渇いて言葉が出てこない。

アリアはなんとか声を振り絞った。

「なにを、潰したんですか」

「心臓を。……人だったようだ」

意外そうに告げる声に視界がぐらりと揺れた。

彼は死を司る神ディアグレス――生き物の命を簡単に蹂躙《じゅうりん》できる立場にあったのだ。

だから、誰も彼とかかわろうとせず御所は荒れ放題だった。

だから、いっしょにいるアリアすら避けられた。

相手の正体を探るためだけに心臓を潰す――感情もなく、慈悲もなく、なんの躊躇いもなく他者の命を奪う禍神《まがつかみ》。見た目の異様さだけで忌避されていたわけではなかったのだ。

彼は存在そのものが異質で、にもかかわらず、アリアはそれに気づけずにいた。

こんなことなら匿おうなんて考えず、聖域から出してしまえばよかった。

(わたしのせいだ。先生を呼んで治してもらえばよかった。具合が悪かっただけの人を、こんな形で死なせてしまうなんて)

全部アリアの浅慮が招いた結果だった。

アリアはぎゅっと唇を噛《か》んだ。

「……なぜ、悲しむ?」

理解できないという口調。返事すらしてもらえなかったときを思えば、彼なりの歩み寄りに違いない。けれど、今のアリアにはそれを光栄と思えるほどのゆとりはない。

アリアは項垂《うなだ》れ、息の絶えた男の腕にそっと触れた。その直後。

「かはっ!」

男の体が大きくはね、金の瞳《ひとみ》がカッと見開かれた。瞳孔《どうこう》が縦に裂けている。男は上半身を起こすなりディアグレスを睨んだ。

「今なにをした?」

地を這《は》うような低い声で尋ねた男は、胸を押さえたあと、拳を握って何度か胸を強く叩《たた》いた。

そして、なにかをたしかめるように強く胸を押さえる。

アリアは呆気《あっけ》にとられて男を見た。

(自分で心臓を動かしたの？　でも、そんなはず……)

男が息を吹き返した事実に安堵する間もない。男がしたのは、普通の人間では不可能な行為だ。不可能であるはずのことができるというのは。

「貴様、何者だ？　魔導師か？　いや、これは人の気配ではない。貴様は……」

「――やはり魔物か」

男が言葉を濁し、ディアグレスが断言する。睨み合う二人のあいだに火花が見えそうだった。ひりつく空気にアリアが震え上がったそのとき、ゆっくりと開いたディアグレスの手のひらに闇が集まりはじめた。闇は瞬く間に濃度を増し、細く長く伸びていく。

濃縮された闇は一振りの優美な剣へと姿を変えていた。

「核を砕いてやろう」

ディアグレスの意図は明確だ。人なら心臓を潰し、死なないのなら核を壊して息の根を止める。それだけだ。

刹那《せつな》、アリアの脳裏に、痛みにのたうち回る魔物とそれに群がる生徒がよみがえった。

「お待ちください、ディアグレス様！」

なぜ、と、無言でディアグレスが問いかけ、魔物が少し困惑気味にアリアを見てくる。

アリアは魔物を庇うようにディアグレスに向き直った。

「どうか話し合いを。この方は、聖域で倒れていたんです。魔物であるのなら、なぜ弱体化を招く聖域に入り込んだのか、その理由を尋ねるべきだとわたしは思います」

必死で訴えるアリアにディアグレスはわずかに首をかしげた。どうやら必要性を見いだせないらしい。

「一方的な暴力は反対です……!!」

アリアの訴えにディアグレスがぴくりと肩を揺らし、思案するように剣先を上下させる。やがてゆっくりと剣先が下がった。

ほっとアリアが胸を撫で下ろす。

「大丈夫でしたか?」

振り返って尋ねると、金色の瞳がじっと見つめてきた。人ならざる虹彩《こうさい》——美しいと思う半面、不安を覚えてしまう。

「貴様、なにを考えている? 強いようには見えないが、俺を庇うならそれなりの実力者か? 人間にとって魔物は駆除対象だ。それを助ける意味はなんだ。なにを企《たくら》んでいる?」

魔物の問いにアリアはたじろいだ。

魔物は人を襲って食らう生き物だ。助けたところで害になるだけ——それが一般的な認識だった。そもそも魔物の大半を占める下等種の多くは〝エサ〟である人との対話を嫌い、狡猾と言われる上位種もまた、人を見下し会話をしないのである。

けれどこの魔物は、粗暴ながらもアリアに言葉をかけてきた。

対話をするだけの理性があるのだ。

「わたしは、あなたと話がしたいです」

真摯《しんし》に訴えたアリアを見てふっと魔物が笑った。嘲笑《ちょうしょう》だ。

「なるほど、ただの愚か者か」

突き放す言葉とともに魔物が身構える。刹那、アリアの視界がぐんっと傾いた。ディアグレスに腕を引かれ、その胸に抱きとめられたのだ。

「心臓を潰した礼をしてやろう」

怒りに爛々《らんらん》と双眸《そうぼう》が燃える。破壊衝動を隠しもせず残忍に笑う魔物の姿を見てぞわっと鳥肌が立った。

(話し合いができるのに！　お互いの言葉が届いているのに！)

アリアの言葉を聞こうともしなかった姉たちとは違い、魔物は〝対話〟ができる。それなのに声が届かない。それがもどかしくてたまらない。

なんとかして戦いを止めようとしたその時、唐突にドアが開いた。ドアを開けたのは御所にいるはずのハロルドたちだった。

「姉さま、無事!?」

「目算が甘いんですよ、ハロルド様は。祝福の力を応用した魔方陣で、意識が戻るどころか苦しんだのを見て魔物だと確信してたでしょう。あとで心配するなら拘束すべきです」

「こんなに早く目覚めるとは思ってなかったんだよ！」

呆れるアーロンにハロルドが吠《ほ》えた。

いつどうやって確信を持ったのかアリアにはまったく理解できなかった。しかし、ハロルドもアーロンもわかっていたのだ。わかっていながらアリアのわがままに付き合って、危険を承知で受け入れてくれたのだ。

(わたしはなんて愚かなの……っ)

対話は必要だ。そう思いながらもアリアは知らず知らずのうちに我を通し、二人に迷惑をかけてしまっていた。自分の望みを相手に押しつけてしまっていたのだ。

「ハロルド様、アーロン様、申し訳ありません」

アリアは涙で潤《うる》む目を伏せ、震える声で謝罪する。そんなアリアを見たとたん、ハロルドが苛立《いらだ》ちに顔を歪《ゆが》めた。

「ここで喧嘩《けんか》するのやめてくれる？　やるなら聖域の外でやって。だいたいなに？　ディアグレス様はアリアを守りたいんでしょ。ここで喧嘩したらアリアが悲しむってわからないの？　仮面の下がからっぽでないなら少しは頭使ってよ」

びくっと肩を揺らしたディアグレスが、アリアと剣を交互に見る。どうやら動揺しているらしい。

「そっちの魔物も！　アリアは命の恩人なの。そのくらい気づくでしょ、普通。魔物の上位種ってバカなの？　死にたいの？」

辛辣《しんらつ》なハロルドに立腹したらしく、魔物の標的がアリアたちからハロルドに変わった。

「だからバカだって言うんだよ」

ハロルドは冷笑した。底光りする緑の瞳がすうっと細められる。

（なに？　いつもと雰囲気が……）

生徒の前では控えめに周りに合わせ、アリアの前では人懐っこい少年を演じていたハロルドが、ぐいっと手首を返した。手のひらの上にいくつも円が――魔方陣が描かれる。刹那、床の空気が屈折し、今まさに襲いかかろうとする魔物に、目に見えないなにかが絡みついた。

「聖女が作った聖域の中に新たに聖域を作った。お前を囲うのは重過領域《じゅうか》だ。僕の結界は小さいけれど、その分、神域に匹敵する強さがあると自負してる。――ひざまずけ」

ハロルドが命じるまま魔物が膝を折る。なにかで拘束しているらしく、魔物の体は魔物の意志に関係なく動いているようだった。

「相変わらず無慈悲なことをしますね。さすがです、ハロルド様」

「僕は怒ってるんだ」

応戦しようと身構えていたアーロンが、冷ややかに褒めてくる。ハロルドはふんっと鼻を鳴らして魔物を見た。

「聖域に入った目的は？」

新たに描いた小さな魔方陣がハロルドの声を反響させる。

「――魔方陣を通して魔物に声をぶつけているんですよ」

困惑するアリアに、アーロンがそう説明してくれた。どんな効果があるのかはよくわからないが、魔物にとってはあまり愉快な状況ではないようで、眉をしかめている。

「重過領域は不可視の鎖による拘束と精神支配で、理論上、上位種をしたがえることができるはずですが……拘束がやっとですか。ハロルド様、腕が鈍りました？」

不可視の鎖が拘束の正体。アリアは高度な魔方陣にただただ驚くばかりだが、当の本人は不満そうに眉をしかめた。

「魔物の魔力が高いんだよ。そのうえ、聖域に順応しはじめてる」

「あり得ません」

「でも目の前にいる。この魔物は危険だ」

ハロルドたちの会話に血の気が引いた。心臓と核を同時に持つ生き物など過去に例がなく、それが聖域に順応しはじめているという。ハロルドの言葉通りなら危険極まりない存在だ。

（そうだとしても、人の形をして、人のように語り、人と同じように苦痛を感じている）

それは本当に〝魔物〟と言えるのか。

ハロルドと目が合った。彼は一つ息をつき、魔物に向き直った。

「聖域から逃がしてあげたら、もうここには近づかないでくれる？」

質問に返事はない。つまり、逃がせば再び聖域に入ってくるということ。言外に告げてくる魔物にハロルドが渋面になっていると、ディアグレスが剣を構えた。

斬りかかろうとしたディアグレスは、真っ青《まさお》になるアリアを見て動きを止めた。

「だめなのか？」

問いかけてくるディアグレスに、アリアはなにも答えられなかった。

魔物と確定したのなら排除するのが正しい選択だ。それなのに、もしかしたら無害な魔物がいるかもしれないと、心のどこかで思ってしまう。

そんな魔物がいるはずなどないのに。

(……いいえ、いるわ。昔一度だけ会ったことがある)

当時は犬だと思い込んでいたが、体はまん丸だったたし、一つ目だったたし、犬にしては腕と足のバランスが明らかにおかしかった。

(そうよ！　あの子、魔物だったわ！　なぜ忘れていたのかしら)

五年前、変わった犬だと思いつつ、パンを運んで大事に保護していた。人を襲わない優しい魔物だってちゃんといるのだ。どう説明したら伝わるのかとディアグレスを見つめていると、あからさまに彼がそわそわと動揺しはじめた。

「――対話できる状態の魔物の上位種は、実際かなり希少なんだよね」

意外にもハロルドがそんなことを言い出した。

「まあ、この状態ならいつでも殺せますしね」

非情なことをつけ加えるのはアーロンである。

「非難の眼差しはやめてください、アリア嬢。魔物を捕らえるのが難しいのは事実です。好んで聖域に入ってくることはまずないし、好戦的なため、森で出会えば即殺し合いです。上位種の捕縛となると、神官長、あるいは大神官クラスが同行した討伐隊でも前例がありません」

「上位種は殺すべきだ。……だけど、危険を冒して拘束しておく価値はある」

続けたハロルドの言葉から、話の流れが変わったのがわかる。

「手に負えなくなったら即刻始末する」

「ハロルド様ができなければ自分がやります」

険しい表情のハロルドとは違い、アーロンはなぜだかウキウキだ。

「――まあ、アーロンができなければ死神が動くってことで、この件はいったん保留にしよう。彼の処遇は、今後の彼の行動次第だ」

コホンと咳払《せきばら》いして、ハロルドが宣言する。

ディアグレスはもちろん、ハロルドもアーロンも、魔物を殺すつもりでいた。それが〝保留〟となった。

ひとまずこれで安全が確保されたのだと、アリアは胸を撫で下ろした。

その時、アリアは気づいていなかった。

不可視の鎖に拘束された魔物が、殺気に爛々と燃える双眸でハロルドを見ていたことに。その眼差しは、標的を確認するようにディアグレスとアーロン、最後にアリアへと向けられていた。

3

屋敷に閉じ込められ続けたアリアの生活の中に、また一つ変化が加わった。

一つ目の変化は屋敷を出て聖エルファザード学園に入学したこと。二つ目は死を司る神ディアグレスの御所に通うようになったこと。三つ目はハロルドという〝弟〟ができたこと。

そして四つ目が、丸太小屋に通うようになったこと。

ただし四つ目は学園に知られると問題になるため、部外者にはけっして知られないようにしなければならなかった。

魔物を丸太小屋に匿って――正確に言えば〝捕縛〟して一夜が明けた。

(興奮して寝付けなくて、刺繍を刺し終えてしまったわ)

ディアグレスのために用意してもらった黒衣にはもともと装飾がされていたとはいえ、追加の刺繍はそれなりに時間がかかると覚悟していた。それが思った以上に順調に進んだのだ。

黒い装束に黒系の刺繍は上品でどことなく艶《あで》やかだ。

満足して廊下に出ると、当然のようにディアグレスが待っていた。

ちゃんと休んでいるのか心配になりつつ、アリアはできあがったばかりの服を差し出した。

「刺繍はわたしが刺しました。着ていただけると嬉しいです」

「……服？」

「はい。ディアグレス様のお召し物です」

「……ありが、とう……？」

お礼はこういうときに言うのか？　と、問いかけてくるような口調だ。

（気に入っていただけたのかしら）

心なしか口元がほころんでいるように見える。そっと両手で服を受け取り大切そうに胸に抱きしめる仕草に胸が熱くなってきた。下女を目指す娘からの贈り物なのに、こんなに喜んでくれている。親切な一面と怖い一面を持ち謎も多いけれど、人に対しては広い心で接してくれる神様なのだろう。アリアは感激し、内心浮かれながら食堂に向かった。

「ディアグレス様もいかがですか？」

誘ってからわれに返る。

「すみません。ディアグレス様にお食事は必要なかったんですよね？　わたし、無理に……」

慌てるアリアに、ディアグレスは首を横にふった。どうやらいっしょに食事をとってくれるつもりらしい。ぱあっと笑みを浮かべ、アリアはカウンターに向かった。

「パンとスープを二人分……それから、持ち帰りでパンを一つお願いします」

「は……はい」

　明らかに動転していたが、下女は美しい所作でアリアの望むように食事を用意してくれた。

　席に着くとディアグレスは服を慎重に膝の上に置き、見よう見まねでスプーンをつかみ、スープをちびちびと口に運んで首をかしげた。これはなんだ？　という雰囲気が伝わってくる。

(スープよりパンのほうがお好きなのね)

　小さくちぎったパンを機嫌よく食べる姿にほっこりした。

　食事を終えたアリアは、周りを警戒しつつパンを丸太小屋に運んだ。だが、魔物に声をかけても、両膝をついて項垂れた格好のままぴくりともしなかった。

(ずっと食べていなかったからお腹《なか》がすいているはず)

　魔物はアリアよりずっと大きく、ディアグレスと同等の体格だった。パン一つで足りるはずがないのだが、そもそも小食のアリアはどれだけ持っていけばいいかわからない。きっと足りないだろう、程度の認識だった。

「も、もしかしてディアグレス様も物足りなかったんじゃ……ま、待ってください！　いつ武器を出されたんですか!?　しまってください！　相手は無抵抗です！」

　斬りつけようと身構えるディアグレスにアリアは悲鳴をあげる。なんとか彼をなだめ、授業の時間が来てしまったので後ろ髪引かれながらもパンを置き、講堂に向かった。

楽しげにおしゃべりをしていた生徒たちがぴたりと口をつぐむのとは逆に、ハロルドたちはいつも通り「おはよう」と気さくに声をかけてきた。聖女が薬学の講義をし、休憩を挟んで神官による武器精製のための講義がはじまる。

ディアグレスは講義の途中で講堂を出ていき、アリアが用意した黒衣を着て戻ってきた。どうだといわんばかりに胸を張るディアグレスに「よくお似合いです」とアリアは笑顔でうなずいた。

「姉さまって本当に下女になりたいの？」

「はい。頑張ります」

授業の途中、ハロルドに尋ねられてアリアはうなずいた。アーロンがふっと口元をゆるめ、満足げに黒衣を眺めていたディアグレスが大きく肩を揺らした。

授業が終わるとアリアは素早く席を立った。

「パンを持っていきます」

魔物さんに、と心の中で付け足すと、ハロルドは「気をつけて」と応えた。ちなみにディアグレスは項垂れたまま動かなかった。体調でも悪いのかと心配になったが、そもそも彼は〝人〟ではない。きっとなにか別の理由があるのだろうと判断し、食堂に行ってパンをもらい、森へ向かった。

（聖域に入らないよう魔物さんを説得しなきゃ）

「おい」

呼び声にアリアは振り返った。男子が三人、早足で近づいてくる。以前、熱心にハロルドに話しかけていた人たちだった。

（なにかしら……も、もしかして、はじめてのお友だち……!?）

ハロルドはアリアを「姉さま」と呼んで慕ってくれているから〝弟〟枠だ。アーロンとは親しく言葉を交わしたりしないので友人ではないのだろう。もちろんディアグレスを友人に入れるわけにはいかない。そのため、入学してずいぶんたつのに友人と呼べる相手は皆無だった。

しかし、ここにきてはじめて声をかけてくれる人たちが現れた。

「なんでしょうか」

不快感を抱かせないように、アリアは務めてしとやかに尋ねた。

三人は互いに視線を交わし、くすんだ金髪にそばかすの目立つ少年が、「ちょっといいか」と森を指さした。込み入った話なのだろうか。アリアは小首をかしげつつ三人に続いて森に入った。聖域から出てしまうのではと心配した頃《ころ》、三人がようやく立ち止まった。

三人が再び視線を交わす。どんな用件か尋ねたかったが、先に切り出すと催促しているように思われてしまうかもしれない。そうするときまって姉たちに叱責《しっせき》されたので、アリアは不安を覚えながらも三人が話し出すのをじっと待った。

「俺はラスター子爵の四男、シド・ラスターだ」

宣言されて、アリアは目を瞬《まばた》く。続いて「ロドリゲス・シルバステン」と、黒髪短髪の大柄な少年が、「クレイグ・ロード」と、短く髪を刈り上げた長身の少年が硬い声で続けた。

「ア……アリア・アメリアです」

自己紹介に戸惑いつつ、礼儀としてスカートをつまんで軽く膝を折る。

(やっぱりお友だちの申し込み……!?)

期待に胸を膨らませたアリアに男子はあからさまに動揺した。それはアリアの可憐さと、これから伝える内容のギャップゆえだったのだが、そうと知らない彼女は目をきらめかせて次の言葉を待っている。

シドと名乗った少年がコホンと咳払いした。

「ハロルド様につきまとわないでほしい」

告げられた言葉が理解できず、アリアはぽかんとした。

「つきまとう……?」

とっさに繰り返すも、やはり理解できない。

「ハロルド様は妾腹《しょうふく》だけど、王室が認めた正当な第六王子だ。有史以来初の王族からの入学生なんだ。いくら学園内では身分が不問とはいえ、身の程をわきまえたほうがいい。男爵家の令嬢が気安く話しかけられる相手じゃない」

「……ハロルド様が、王子様？」

学生同士、仲がよくなれば堅苦しい敬称が自然とはずれていく。けれどハロルドだけは誰からも〝様〟づけされていた。だからアリアもそれに倣《なら》っていたのだが、まさか身分そのものが高すぎて誰も気安く名が呼べないとは思いもしなかった。

七つある国の中でもっとも領土が広く、もっとも強大な軍備を誇るエルファザード帝国の王子――そんな相手に、男爵家の娘が親しく接するなど本来ならあり得ない。

「わざとらしい。知ってて誘惑したんだろ」

短髪の少年が厳しい口調で問い詰めてくる。

「皆怖がって言わないけど、俺たちは違う。ハロルド様のことを誰より心配してるんだ。これ以上ハロルド様につきまとうな！」

「わ、わたしは、ただいっしょにいるだけで……」

「知ってるんだぞ！　男爵家の厄介者！」

鋭い言葉で遮られ、アリアは肩を揺らした。

黙っていた最後の一人が、アリアを指さして怒鳴った。

「お前が誘惑したせいで、男爵家で死人が出たんだ！　毒婦のくせに聖女になりたがるなんてずうずうしいんだよ！　汚《けが》らわしい！　身の程を知れ!!」

容赦のない言葉にアリアは真っ青になった。

「ち、違います。わたしは、そんなつもりは……」

「黙れ！　見苦しく言い訳するな!!」

ピクンとアリアは体をこわばらせる。

「……おい、今の話、本当か？」

「嘘だろ。人が死んでるなんて……」

「本当だよ。はじめから聖女になる資格なんてなかったんだ」

「――ハロルド様まで毒牙にかける気だったのか」

短髪の少年が驚愕《きょうがく》の眼差しをアリアに向ける。アリアはとっさに首を横にふった。たしかに怪我人が出て、亡くなった人もいた。けれど、アリアはなにもしていない。

少なくとも、アリア自身がなにかしたという自覚はなかったのだ。

「誤解です」

「嘘をつくなよ。知ってるんだぞ、俺は。アメリア男爵家に勤めた使用人の親族が、俺の家で働いてたんだ。そいつから話を聞いてるんだ」

絶句するアリアを見て、短く髪を刈り上げた少年が鼻で笑う。

「図星か」

長身の少年が真っ青になるアリアに驚愕する。姉の婚約者たちが倒れたのは真実だ。身に覚えはないけれど、一連の事件にアリアがかかわっていなかったとはっきり否定できないのもまた事実――だから口をつぐむしかない。

「とんでもない女なんだよ。今はまだハロルド様に被害はないけど、いずれ化けの皮が剥《は》がれるだろう。そうなってからじゃ遅いんだ」

「退学しろ！」

「そうだ、退学しろ‼」

三人に詰め寄られ、アリアは反射的に足を引いた。

退学したら男爵家に戻らなければならない。戻ればまた部屋に閉じ込められ、姉たちになじられ、使用人たちに恐れられながら暮らすことになる。

(戻りたくない。学園で学んで、ここを無事に卒業したら――)

きっと、今までとは違う暮らしが待っている。下女という、はじめて見つけた夢が現実になるのだ。だから退学したくない。

なにも得ないままここを出たら、何一つ変えることができないのだから。

「……こいつは、危険だ」

短髪の少年がうめいた。

「男子の中には、もうこいつに惑わされてるやつがいるんだ。また被害が出る」

「クレイグ、じゃあ……」

「ああ、やろう。やるしかないだろ。俺たちがみんなを守るんだ。シド、躊躇うなよ」

「わかってる。ロドリゲスもいいな」

「——骨の二、三本も折れば退学するさ」

自分たちこそが正義だと疑わず、三人はうなずき合う。それを見てぞっとした。

(早く校舎に……!!)

来た方角はわかっている。いくら森が深くとも、まっすぐ走れば校舎にたどり着けるはずだ。

そう思ったが、校舎に駆け込まれたら困る三人は、アリアの行く手を阻むように回り込んで執《しつ》拗《よう》に追いかけてくる。

夢中で走っているうちに柵が見えてきた。

(聖域の柵だわ。じゃあここは、校舎とは逆方向!?)

越えれば魔物がいる。魔物を恐れて三人は追ってこないかもしれない。だが、追ってきたらアリアはますます窮地に陥ってしまう。追っ手と魔物、どちらもアリアの手に余る。

(どうしよう。苦しい。息が上がる)

喉の奥からいやな音がした。もともと運動ができる環境にいなかったアリアには、長く走るだけの体力がない。森の中、転んでしまわないよう逃げるので精一杯だ。

(柵に背を向け、まっすぐ走れば校舎に着くわ)

聖域が真円を描いていないとしても、中心に校舎があるのは間違いない。生い茂る木々で視界はよくないが、近づけば校舎が見えるはずだ。

アリアは柵に背を向け、もう一度、校舎に向かって走り出した。

「待て！」

怒鳴り声とともに体がぐんっと後方に傾いた。木々を映していた双眸が、緑におおわれた空をとらえる。髪をつかまれたのだと一拍おいて気がついた。

「きゃ……!!」

髪をつかむ手を振り払おうとしたがうまくいかない。

「離してください！」

「だったら退学しろ！」

「いいから折れ！　腕でも足でもいい！　動けなくしろ！」

「押さえつけるんだ。急げ!!」

引きずり倒され、体を地面に押さえつけられる。腕を取られ、関節がおかしな方向にねじり上げられる。鋭い痛みにアリアは再び悲鳴をあげる。

「やめて！」

懇願した瞬間、体を押さえつける力がふっとゆるんだ。アリアはとっさに起き上がり、無我夢中で駆け出した。男子が不自然に体を丸めている姿が見えた。だが、戻って様子をたしかめるなんて恐ろしくてできなかった。油断すればまた捕まってしまうかもしれない。捕まったら、今度こそ本当に骨を折られてしまうだろう。

恐怖に突き動かされ、アリアはがむしゃらに走った。何度か転びかけ、そのたびに木の幹に手をついて体を支え、ただただまっすぐ前に進む。

木々の合間から校舎が見えたとき、安堵に座り込みそうになった。慌てて振り返り、三人が追ってこないのを確認して胸を押さえ深呼吸を繰り返す。だが、なかなか息が整わない。そこでようやく歯の根が合わないほど震えていることに気がついた。

アリアは無意識に渡り廊下を横切り、内庭へと向かっていた。閑散とした内庭は安全なはずなのに、静寂すら恐ろしく、アリアはまっすぐディアグレスの御所へと向かった。

「ディアグレス様……?」

まだ講堂にいるのか、御所には誰もいなかった。両手で体を抱きしめ、震える息を吐き出してぎゅっと目を閉じる。刹那、足音がした。あの三人組が追ってきたのかと振り向くと、立っていたのはディアグレスだった。

持ち上げた右手を何度か握り込んで、アリアに気づくと近づいてくる。そして、「どうした」とでも言いたげに首をかしげた。闇を含んだ髪がさらりと流れ、白い肌に落ちた。

死を司る彼は、敵と見なせば剣を出し斬りかかってくる恐ろしい神だ。けれどアリアには、森に誘い出し襲ってきた三人組のほうがよほど恐ろしい相手だった。

ディアグレスが手を伸ばしてきた。なにがしたいのか、アリアの頭上で手をふわふわさせている。

不思議に思って目を瞬いたアリアは、はっとして後ずさった。

（もしかしたら、ディアグレス様も巻き込まれてしまうかも）

アリアの周りにいる人たちは皆、大なり小なり不幸に見舞われている。だから屋敷では誰もアリアとかかわろうとせず、アリアはずっと独りぼっちだった。

学園で被害が出ていないのは、かかわる人間が少数だからなのかもしれない。これから先、もっと多くの人と接するようになったら、屋敷と同じように死傷者が出るのではないか。あの三人が危惧《きぐ》するように、その一人はハロルドかもしれない。

（ここにいるべきじゃないんだわ。わたしは――）

他者との接点を可能な限り減らし、ひっそりと暮らすべきなのだ。

「ハロルド様は神官にむいているだと、自分はそう思います」

打ちひしがれ御所から出ていこうとしたとき、真剣なアーロンの声が聞こえてきた。ハロルドとアーロンが、いつものように御所の掃除をするためにやってきたのだ。

誰もが怯える中、神様を相手にしても物怖《ものお》じしないエルファザード帝国の第六王子。王族から初の神官が誕生すれば、国にとっての誉《ほま》れになるだろう。

「いやだよ」

けれどハロルドはきっぱりと断ってしまった。

「神官になって魔石をガメてください。神官長か大神官が理想です。がっぽがっぽです」

話が急にきな臭くなった。アーロンは真剣な顔で手のひらを上に向け、上下に動かしている。

ハロルドの表情が険しくなった。

「いやだよ！　なんでアーロンのために神官を目指さなきゃいけないんだ」

「違います。魔石のためです。魔力は消費すると補填《ほてん》しなければならないんです。もっとも効率的なのは魔石からの直接摂取です」

話の方向性はよくわからないが、アーロンは国のためではなく自分のために魔石がほしいらしい。これに対してもハロルドは拒絶の姿勢である。

（ハロルド様が、第六王子）

世情に疎《うと》く、友人もいないアリアは、皆が知っていることすら知らなかったのだ。そしてあの三人は、いずれ王族に害が及ぶと考え、恐怖を押し殺してアリアに声をかけてきた。彼らの行動はあまりに乱暴だったけれど、切羽詰まっていたことの表れだったのだろう。

（……そばにいてはいけないんだわ）

学園で親しく接してくれる人たち。浮かれて大切なことを、アリアは見落としていた。

男爵家での惨事をここで繰り返すわけにはいかない。

ハロルドたちから離れようとしたら、運悪く見つかってしまった。

「あ……あの、わたし、魔物さんに食事を届けに行ってきます」

「待って。背中、汚れてるよ」

ハロルドが伸ばしてきた手を反射的によけ、アリアははっとわれに返った。

「じ、自分で払えます」

そう断り、戸惑うハロルドを見ていられずに御所を飛び出した。

(今までよくしてもらっていたのになんて不義理なの。言い方が……もっと他の言い方が、あるはずなのに)

とぼとぼと歩いている途中で、パンを落としてしまったことに気づいた。森に入って探す気にはなれず、アリアは食堂で新しくパンを頼んだ。

「――いつも、おいしいパンを、ありがとうございます」

お礼とともに受け取ると、下女は驚いたように目を瞬いた。会釈して食堂を出て、森に入る手前で立ち止まる。ばったりとあの三人に会わないよういつも以上に慎重に辺りを見回し、何度か深呼吸し気合いを入れた。

そして、幸いにも誰とも会うことなく丸太小屋にたどり着くことができた。

(よかった……あの人たちは、きっともうあきらめたのね)

ノックをしてドアを開けると、今朝《けさ》と同じ、ひざまずいた姿で魔物が顔を伏せていた。朝、台の上に置いておいたパンは、手つかずのまま放置されている。

「食べてください」

食べないと体が弱ってしまう。アリアが懇願すると、魔物がじろりと睨んできた。

「人の食べ物なんて食えると思うか」

「食べられないんですか？」

「俺は魔物だ」

「でも、ディアグレス様に心臓を潰されました。心臓があるなら、人の部分があるということだと思います。人の部分があるなら、食事は必要です」

「――俺を飼い殺しにする気か」

パンを差し出すアリアを忌々しそうに睨みながら魔物が毒づいた。魔物はここから動けない。食べ物だけを与えて拘束し続けるなら、彼の言う通り飼い殺しだ。

「わたしがなんとかして動けるようにします。だから、食事をしてください」

「俺には魔石も必要だ。人の食べ物だけでは魔力を補いきれない」

「魔石と食事があれば、あなたは人間を襲わないんですか」

「――時と場合による」

「普段は」

率直に尋ねると、魔物は鼻で笑った。

「人間は捕食対象ではない。食ったところで、俺にはたいした〝価値〟はない」

「価値がないなら、どうして人を襲う魔物がいるんですか」

「人の体内にも少量ではあるが魔力が存在するからだ」

「――人の体にも……？」

「なにも知らないのか、貴様は」

　呆れ声だ。アリアは羞恥《しゅうち》に赤くなった。

「そもそも魔力は大気中にただよっている。それが雨で地面に落ち、植物が吸収し、植物を昆虫や動物が食う。そんな昆虫や動物を別の動物が捕食し、それをさらに人間が食う。どんなにわずかな魔力でも、生態系の上に行けば行くほど摂取量が増えるのだから、体内に蓄積される魔力の量が増えるのは当然だろう」

「……それを得るために、魔物が人を襲うんですか」

「どうしようもなく弱い魔物は人も襲えず草を食《は》むがな」

「で、では、魔物同士が殺し合うのは……？」

　真剣に問うと、魔物は呆れ気味に目を瞬いた。なぜそんな簡単なことをわざわざ訊《き》くのか、そう言いたげな表情で口を開く。

「より多くの魔力を得るために決まっているだろう。人が食事から栄養をとって生命を維持するように、魔物は魔力がないと生きてはいけない」

　結果として、強い魔物はより多くの魔力を体にため込むことになる。

「魔物が死ねば他の魔物に食われるか、朽ちた体とともに魔石が砕け、再びその魔力を空気中に放出する。最近では魔導師が魔石を使うせいで、大気にただよう魔力がだいぶ濃くなったようだが」

「……だから、人間が襲われやすい……？　でも、魔石は神官が保管しています。流通量は年々減っていくのだから、魔物そのものは弱体化するのでは？」

「そんな言葉を鵜呑《うの》みにしているのか」

せせら笑う魔物に、今度はアリアが目を瞬いた。

（流通量は減ってない？　じゃあ横流しされているってこと？　どこに？　なぜ？）

「少し考えればわかることだ。魔物が増えて得をするのは誰だ？」

「誰も得などしません。魔物が増えれば危険だし、だから討伐隊が何度も――」

はっとアリアは口を閉じた。

武器が動く。人員も動く。魔物の毒を浄化するため、聖水の需要も増える。つまり魔物が増えて得をするのは聖職者なのだ。そして、魔物を倒したときに得る魔石を管理するのも聖職者。であるなら、その流通量を調整するのも容易《たやす》いのではないのか。

「武器や聖水を人々に売る一方で、魔石を魔導師に横流しする。なかなかに愉快な商売だとは思わないか」

敵を自ら作り出し、敵を倒す武器を売りつける。彼が言う通りなら、聖職者たちが諸悪の根源になりはしないか。

少なくとも、人々を騙《だま》し続けている事実だけはゆらがない。

愕然《がくぜん》とするアリアに、魔物は冷ややかな笑みを向け続けた。

西棟は男子寮である。

生徒は皆平等であるためハロルドに与えられたのはアーロンと相部屋で、ベッドが二つと机とクローゼット、書棚があるだけのごくごく小さな空間だった。王族なうえに〝神童〟と呼ばれた過去があり神官から過剰な期待を寄せられていても、あくまでも〝生徒〟なためその扱いは変わらない。不真面目《ふまじめ》な授業態度なら、当然呼び止められて説教も食らう。

そのせいで、死神の御所に行くのが十分も遅れてしまった。いつもであれば、掃除の途中で魔物にパンを届け終えたアリアと合流していっしょに清掃にいそしむのだが、今日の昼間は少し様子がおかしかった。アリアはなぜかひどく思いつめた顔で御所にいて、ハロルドを見るなり逃げるように食堂へ向かってしまったのだ。以降、あからさまに避けられている。

夕食のときなど、まともに返事もしてもらえなかった。

西棟の質素極まりない部屋に戻り、ハロルドは戸惑いに首をひねった。

「魔物がなにかした？　でも、拘束は完璧《かんぺき》だから危害を加えられるとは思えない」

「――大半の魔物はエサにするため人を襲いますが、中にはそんな魔物に惑わされる奇特な人間もいます。あの魔物、なかなか美形でしたね。これはこれは厄介ですねえ」

ニヤニヤと笑う侍従を、ハロルドは思わず睨んだ。

童顔をいいことに無害を装い周りを騙し、退屈を埋めるためにアリアの弟ポジションまで手に入れた。安全かつ刺激的な日常を維持する最良の選択だ。それなのに、侍従が下世話な話題をふってきたせいで死神や魔物を思い出してモヤモヤしてしまった。

「外見がどんなに優れていたって所詮《しょせん》は魔物じゃないか」

「所詮は魔物、ですか。そのわりに、死神も内心では穏やかではなかったようですね」

丸太小屋から戻ってきたアリアは真っ青だった。ハロルドが理由を訊いても答えず、そんな彼女を前に死神はおおいに狼狽《うろた》え、オロオロとついて回った。

見ているぶんには面白い。なんだこの謎の生き物は、と、ちょっと思ったりもした。

しかし、これはこれ、それはそれだ。

死神が振り回されるのはいいが、自分が振り回されるのはいやなのだ。かといって、よけいなことを言ってアリアに嫌われるのはもっといやだ。

ハロルドがランプを手に取りドアに向かうと、アーロンもくっついてきた。

廊下に出るとたむろしていた生徒たちがハロルドのもとに集まってきた。邪魔だな、とは思ったが、ひとまず愛想笑いを返しておく。日中はアリアといっしょにいるから死神を恐れ遠巻きにしている彼らだが、アリアがいないと話しかけてくることがよくあった。

「ハロルド様、聞きましたか？　夕方、馬車が町に向かったそうです」

食料や備品の調達のため、馬車が定期的に学園に出入りしていることは知っていた。だが、比較的安全な昼間ではなく夕刻に出ていくのは珍しい。急々の用事ができたのだろう。

ハロルドはさほど気にも留めず「それで？」と先をうながした。

「急病です。ほら、あの三人組」

「三人って、シド・ラスターと、ロドリゲス・シルバステン、クレイグ・ロード？」

ハロルドがアリアのそばに行く前、一番熱心に話しかけてきた三人組だ。三人ともが子爵家の三男坊だか四男坊で、もともと幼なじみで仲がよく、爵位も望めないから聖騎士になるためいっしょに志願したという物好き連中である。

「三人ともそろって急病？　なにかよくないものでも食べたの？」

「それが、よくわからなくて。先生が――聖女が、治癒の力を使ったのに意識が戻らなくて、このままじゃ危険だって急遽《きゅうきょ》馬車を出したそうです」

なるほど、生徒たちが浮き足立つはずだ。夕食のときは静かだったたから、今になってようやく噂《うわさ》が広まりはじめたのだろう。

「あの三人、アリア・アメリアがハロルド様につきまとってるのをよく思ってなかったみたいで、話をつけてやるって言ってて……だから、彼女が原因じゃないかって噂が」

「つきまとってたのは僕だよ。それで、勘違いしたあの三人はアリアに呪われたの？」

イヤミっぽく問うと、皆が真っ青になった。どうやら彼らは本気で呪いを信じているらしい。

けれどハロルドが見た限り、そんな仕掛けはどこにもない。魔方陣の痕跡《こんせき》もなければ、アリア自身に特別な力があるとも思えないのだ。

もちろん、こうなった原因があるのは間違いない。

けれど、もしかしたら。

「彼女自身が被害者である可能性を、僕は排除すべきじゃないと思うよ」

戸惑う生徒たちを残し、ハロルドはアーロンとともにその場を離れた。廊下のあちこちで生徒たちが噂話に夢中になっている。町に運ばれた意識のない三人の少年——座学が中心の退屈だった日常に、ちょっとした刺激になっているようだった。

「……アリアが原因だと思う？」

「わかりません。ただ、学園に来る以前からきな臭い噂はあり、そのせいで男爵家では相当恐れられていたようです」

「美人だから疎まれているだけなのかと思ってた。前にアリアのことを聞いたとき、まともな扱いを受けてない令嬢だって言ってたじゃないか」

「男爵家で箝口令《かんこうれい》が敷かれていたんです。……こんなことなら男爵家を中心に話を集めるのではなく、その周辺から情報を得たほうがよかったですね」

直接動けず情報収集に難航し、アーロンもなかなか切り出せなかったようだ。

溜息をつきながら西棟を出ると、とたんにランプの火が消えた。手のひらに小さな魔方陣を描き、ぽんっとランプの底を叩くとほんのりと明るくなった。

「このランプ、量産できないかな」

「一定条件で炎を生み出す魔方陣を描くことは可能です。とはいえ、ランプに収まるほど小さく精密なものが描けるのはごく一部の魔導師だけでしょう。現実的ではありません」

各部屋に設置されたランプには定刻で発動するよう魔方陣が仕込まれ、勝手に移動させると消えるよう設定されていた。明かりがほしいハロルドは、もともとある魔方陣の上から新たに魔方陣を重ね、強引に発光させているのだ。

森の中に足を踏み入れるとアーロンにも目的地がわかったようで、神妙な顔つきになった。

しばらく無言のまま森を進むと、どこからか奇妙な音が聞こえてきた。丸太小屋にはまだ遠い。風にのってくるのは女の声のようだった。

なんとなくいやな感じがした。

生徒が三人、緊急で町に運ばれたばかりだ。護送には神官か聖女のいずれかが同行しているだろう。もしかしたら聖騎士も護衛についているかもしれない。となると、この巨大な学園にいるのは、多くの生徒とわずかな聖職者、そして、皆を世話する下男と下女だけだ。

面倒事に巻き込まれるのは好ましくないが、無視して事態がこじれるのはさらに困る。ハロルドはアーロンに目配せして声のする方角に進んだ。

神の領域に恐れをなしたのか虫の音《ね》も響かない気味の悪い森である。進めば進むほど月の光は遮られ、ランプをかかげているのに視界が暗くなっていく。

声は、意外なところから聞こえてきていた。

「ほら、こっちに来なさいよ！　柵を越えるの！　簡単でしょ？　早く来なさい!!」

女子生徒が一人、火のないランプを草の上に置き、棒で柵を叩きながら怒鳴っている。聖域内がいくら安全でも、夜中にこっそり東棟を抜け出し柵の向こうにいる誰かを呼び寄せるなど淑女にあるまじき行動だ。

「大胆だなあ。こんなところに来てまで逢《あ》い引きなんて」

ハロルドは呆れる。呆れたあと、違和感を覚えた。

「夜の森に入るバカがいると思う？」

「そんなバカはとうに死んでますよ。聖職者だって避けます。聖域の外にいるのは、人間以外と考えるべきです」

ハロルドはアーロンを振り返る。じゃあ彼女はなにに呼びかけているんだ――そう尋ねようとしたとき、痺《しび》れを切らしたらしい女子生徒が柵に手をかけるのが見えた。

乗り越えようとしている。柵の向こうが危険だと知っているはずなのに。

ざっと鳥肌が立った。

「やめろ！　死ぬ気か!?」

とっさに駆け出したハロルドは、女子生徒の腕をつかんで強引に引き戻した。バランスを崩した女子生徒が草の上に転がり、小さく悲鳴をあげた。

「なにするのよ！　邪魔しないで‼」

抗議とともに顔を上げた彼女は、ハロルドを見て激しく狼狽えた。

「君こそなにをしてるの。聖域から出たらどうなるか知らないわけないよね？」

「ハロルド様、知っていたから出ようとしていたのかもしれません」

「どういう意味？」

「彼女はドロシー・チェンバー。アリア嬢と同室になる予定だった、魔導国出身の生徒です」

「――魔導国出身って……じゃあつまり、魔導師ってこと？」

「違います。私は魔方陣を描くのが下手で、制御もうまくできなくて……」

否定するドロシーにかぶせるように「ですが、そこに」とアーロンが森を指さす。

「あなたが聖域に誘い込もうとした魔物がいます」

闇の中、灰色の毛におおわれた生き物がいた。猫に似ているが、背骨が皮膚を突き破り、棘《とげ》のように露出していた。肩甲骨から伸びる翼は大きく、闇に溶け込むほど暗い。金の目が何度か瞬き、ハロルドたちをじっと見ている。

「魔物を聖域に引き入れるのは危険行為だ。退学処分になっても文句は言えない」

ハロルドが断言すると、アーロンがちらりと視線を投げてきた。「そんなこと言っていいんですか？」と言いたげな顔だ。

「み、見逃してください。この子を捕まえたら、もうしません。私には魔石が必要なんです。私、魔導師としては半人前どころかひよっこだけど、多少は使えるんです。だから、自分の身は自分で守らないと……聖女になるって国を出たのに、こんなところで死ぬわけにはいかないんです。学園に保管してある魔石を見つけられればこんなことしなくてもいいのに……ハロルド様、先生に頼んでくれませんか？　魔石を分けてもらいたいんです！」

　まくし立てるドロシーに、ハロルドは困惑して首を横にふった。

「無理だよ」

「だけどそのランプ、使えてるじゃないですか！　部屋にあったランプは持ち出すと使えなくなったんです。ここでも使えるってことは特注品ですよね？　ハロルド様は〝特別〟だから先生が話を聞いてくれるかも！」

「残念だけど、そういう特権はないよ。ランプは僕が一時的に加工してるだけ。こんなの見つかったら、先生になに言われるかわかったもんじゃない」

「そんな……じゃあやっぱり、自分で魔石を手に入れないと」

「魔物に襲われたらどうする気なの」

　ふらふらと柵に向かって歩き出すドロシーにぎょっとし、ハロルドが腕をつかむ。すると
「平気です」と返ってきた。

「入学するときに持ってきた札があります。これをかざすと森が割れて道が……」

ドロシーはポケットからボロボロの紙を取り出した。

「――この森は、部外者が立ち入らないよう閉じている特別な場所なのは知ってる？　それを一時的にこじ開けるのがその札。一度使ったらもう効果はないよ」

札を持たなければたどり着けず、入学証や許可証を持参していても及第点に達しなければ聖域の中にすら入れない。それが聖エルファザード学園だ。

「……使えないいんですか、この札」

ドロシーは納得いかないという顔で札を見おろした。

「役目を果たせば効果は消える。だからそれを持って聖域の外に出ても、君は魔物に襲われ食い散らかされるだけだよ」

聖域の外で、猫の姿をした魔物が興味深げにこちらの様子をうかがっている。愛らしい姿で機嫌のいい猫のふりをしてしっぽをゆったり振る姿に、肌が粟立《あわだ》った。

「アーロン、あれって」

「上位種ですね。こちらの出方をうかがっているようです」

アーロンが小声で答えると、猫の姿をした魔物は「にゃあん」とかわいらしくひと鳴きしたあと、興味が失《う》せたと言わんばかりに闇の中に消えていった。

張り詰めていた空気がゆっくりとやわらいでいく。

「やっぱり僕には聖職者は向いてない」

いつの間にか握っていた手に汗がにじんでいた。「自分もです」とアーロンが肩を落とす。ハロルドは項垂れるドロシーに視線を戻した。

「聖域から出れば殺されるのは君のほうだ。東棟に帰ったほうがいい」

唇を噛みしめ、ドロシーはかすかにうなずいた。「僕たちはもう少しこの辺りを見回るから」と適当に理由をつけ、のろのろと立ち上がる彼女がランプを手に歩き出すのを見送った。

「もしかして、アリアに絡んだ三人組が意識不明になったから、冷たくした自分も標的になるんじゃないかって思ってるのかな。……アリアってそういうタイプじゃないのに」

「〝呪い〟ですからね。呪いとは理不尽なものです」

「魔導師が呪いを怖がるってどうなの」

心底呆れつつ、ハロルドは慎重に辺りをさぐる。魔物が戻ってくる様子はなく、周りに人の気配もない。

アーロンをひきつれ歩きながら「だいたいさ」と、思わず愚痴がこぼれた。

「なんであの三人組、僕にこだわってたの？　王子っていっても僕は六番目で、後ろ盾もない侍女の子なのに。帝位を争うのは一番目と二番目――せいぜい三番目じゃないか」

「ハロルド様が〝神童〟だからですよ」

「またそれか。四歳の頃、まぐれで魔物を追い払っただけでしょ。僕が無傷だったのは……母さまが身を挺《てい》して守ってくれたからなんだし」

犠牲を出し、母を死なせ、それでもなおつきまとってくる神童という言葉に苛立つ。

「なんの後ろ盾もない神童だから魅力的なんですよ。誰にでもつけいる隙《すき》がある」

あけすけなアーロンに肩が落ちた。この男もつけいっているうちの一人で、しかもそれを隠そうともしない。あまりに不毛なやりとりに嫌気《いやけ》がさし、話題を変えることにした。

「丸太小屋の魔物とさっきの魔物、どっちのほうが強いと思う？」

アーロンは神妙な顔になって少し考え「わかりません」と率直に答えてきた。

「しかし、動けるほど聖域に順応したなら、危険度は丸太小屋の魔物のほうが上です」

聖域の中、自分たちが圧倒的優位に立っていたから見誤っていた。

「今後の処遇は慎重に検討すべきか」

「そうですね。希少価値を考えるなら殺すには惜しい存在です。学園レベルの高度結界を抜ける魔物は上位種の中でも稀《まれ》でしょう。ですが、生かすのも危険という状況です」

木々をかき分けるように進むと、間もなく丸太小屋が見えてきた。丸太小屋には結界が張ってあり、触れればすぐさま異変を報《しら》せるようになっている。ディアグレスと魔物が対峙したとき駆け付けることができたのは結界のおかげだが、これも改善が必要だろう。もちろん、よけいな心配をかけるのでアリアには内緒である。

中に入ると、真っ暗に塗りつぶされた小屋の奥で魔物がわずかに動くのが見えた。

不可視の鎖に拘束された魔物は、今も膝立ちのような格好でこうべを垂れている。

「ちょっと聞きたいんだけど」

手つかずのパンの隣にランプを置き、ハロルドは魔物に声をかける。反応はないが、意識があることは鎖を通して伝わってきていた。

「アリアになにかしたの？　彼女、すごく動揺しているようだったけど」

魔物の口元がかすかに動いた。笑っている。これはよくない兆候だ。本能的にそう思った。魔物の上位種は狡猾で残忍だ。鎖で縛られているから安全とは考えないほうがいい。表情を読まれることすら警戒し、目を閉じうつむく魔物の慎重さが腹立たしい。

「ハロルド様、痛めつけますか」

「それで口を開くようなら、拘束された時点でしゃべってるよ」

身体《からだ》の拘束と苦痛、魔力の減退、精神の蹂躙——魔物が聖域に入ることはリスクでしかない。それなのに彼は顔色一つ変えない。こんな相手に拷問など無意味だ。無駄なことに労力を割くより別の手を考えるべきだと近づくと、なにに反応したのか魔物の肩が不自然に揺れた。

「魔物は耳がいいのかな。僕たちの会話はどの辺りから聞こえてたの？」

話しかけてみたが、どうやら会話には興味がないらしい。あるいは、警戒するほど聞こえていなかったか。無視を決め込む魔物に、ハロルドはそう判断する。

では、においか。

「——さっき、柵のあたりに女子生徒がいたんだ。なにをしていたと思う？」

ぴりっと緊張する空気を感じ、ハロルドは雑談をするように言葉を続けた。

「小型の魔物を聖域におびき寄せて狩ろうとしていたんだ。残念ながらその魔物は聖域には入ってこなかった。――お前はやっぱり〝特殊〟なようだね」

なるほど、と、ハロルドは目を細める。反応しないように魔物が神経を尖らせているのが伝わってくる。どうやら柵の外にいた魔物とは知り合いらしい。

魔物は群れない生き物だ。出会えば殺し合い食らいあう、本能のままに生きる種族だ。

だが、例外がある。

「反目する魔物同士が手を組むなら、束ねられるほどの者が背後にいるわけか」

ハロルドの言葉に魔物がゆっくりと顔を上げた。

「僕は、僕の生活が脅かされない限り手を出すつもりはない。ここが神の庭である事実を君たちが忘れないことを祈るよ。行こう、アーロン」

「いいんですか」

問う声に「構うな」と右手を振ってみせる。

なにがあったのかは、明日《あす》、アリアに直接聞くしかない。あまり気は進まないが、ハロルドはランプをつかむと小屋を出た。

翌日、アリアに退学が言い渡されることも知らずに。

第三章　聖なる森の動乱

1

魔物は人を襲う。

だから人々は魔物を恐れ、魔物が棲《す》む森を恐れる。危険を冒してまで森に入るのは、薬草や木の実を求める貧困層だという。国は土地を開拓するために、あるいは強くなりすぎた魔物を狩るために聖職者を中心とした討伐隊を編成し、たびたび森へと分け入っていく。

「こうして魔物を駆除し開拓した土地に、聖石を使って聖域を作ります。聖域は定期的な補強が必要となるため、聖女は最前線で戦うより聖石の生成が主な仕事となります」

「討伐隊には参加しないんですか」

今日《きょう》、演台に立つのは大地の聖女だった。生徒の質問に、聖女は柔らかく微笑《ほほえ》んだ。

「もちろん国の要請で参加する場合もあります。しかし、聖女の主な役目は後方支援です。〝祝福〟による怪我《けが》の治療、解毒、穢《けが》れた武器を浄化することによって攻撃力を飛躍的に上昇させ、部隊全体の戦力の底上げをします」

　女子が目を輝かせる。

「神官は、神々の権能を行使したり聖石の生成や怪我の治療こそできませんが、おおむね聖女と同じ能力を持ちます。もちろん聖女ほど強い力はありません。しかし、神々の加護による攻撃で魔物の掃討に多大な貢献をします」

　聖女はさらに続ける。

「聖騎士は戦いの要《かなめ》です。彼らの活躍なくして魔物討伐は不可能です。聖女や神官たちから与えられた武器を正しく扱えるのは聖騎士のみ。だから、王自らが魔物討伐を依頼するのです」

　自分の進むべき道に迷う生徒たちに、聖女は聖職者の素晴らしさを説いてみせる。なぜかと言えば、そろそろ雲行きが怪しくなってきたからだ。

　少しずつ雲が厚みを増していく。ここ数日で雨が降るに違いない。

　先触れの鈴が鳴れば神々の降臨だ。

「今年の生徒は運がいいですね。入学式に神々が降臨したのは十年ぶりです。わたくしが入学した年などは百日ほど雨がなく、女子生徒たちはずいぶんと気を揉《も》んだものです」

　興奮する女子生徒を眺めながら、ほほほっと聖女が笑う。

「それなのに先生は聖女に選ばれたんですね！　すごいです！」

　講堂がいっそう盛り上がる。しかし、アリアの気持ちはずっと沈んだままだった。昨日《きのう》、丸太小屋で魔物から聞いた話が、頭の中をぐるぐると回っている。

(魔物を討伐する聖職者が魔石をわざと魔導師に渡しているなんて……被害が出るのを承知でそんなことをしてるなんて……きっと魔物の甘言《うそ》よね？　でも、もし本当なら――)

意を決し、授業の終わりとともに席を立った。生徒たちがいっせいに振り向き、怯《おび》えたようにアリアを見た。まるでアリアの一挙手一投足を監視するかのような眼差《まなざ》しだ。今までも避けられていたが、明らかに今日の反応はこれまでと違う。

(なに……？)

朝食のときも様子がおかしかった。ハロルドとアーロンが生徒たちに囲まれてアリアのもとに来ることができず、今も生徒たちに囲まれ行く手を阻まれている状態だ。

聖女が軽く手を打った。

「午前の授業は終わりです。すみやかに講堂から出るように」

続けて、「アリア・アメリア」と、聖女が呼びかけてきた。

「少しお話があります。いっしょに来てください」

優しい声なのに有無を言わさぬ硬さがあった。ハロルドは行くなと言わんばかりに身を乗り出し、少し離れた場所から様子をうかがっていたディアグレスがするすると近寄ってきた。

「同行する」

「いっしょに来てくださるんですか？」

昨日からなんとなく距離を感じていたディアグレスから思いがけない申し出だ。アリアの口元が自然とほころんだ。

「ありがとうございます。でも、大丈夫です。少しお待ちいただけますか」

ディアグレスが同行したのでは聖女も緊張するだろう。そう判断すると、あからさまに彼の肩が落ちた。

廊下には神官と聖騎士が待っていて、アリアを先導するように歩きはじめた。

(ど……どうして三人もいるの!?　まさか魔物さんのことがバレたの!?)

心臓がバクバクしてきた。脳裏には実地訓練のときの凄惨《せいさん》な光景が浮かんでいた。切り刻まれ痛みに絶叫する魔物と、嬉々《きき》として剣を握る生徒たち。一方的な暴力は、今思い出しても胸が悪くなる。

聖職者たちは廊下を曲がると手前にあるドアを開けた。中央にテーブルが、手前と奥に長椅子《ながいす》がそれぞれ置かれているごくごく小さな部屋だ。聖女はアリアに腰かけるよううながし、真正面の長椅子に腰かけた。神官と聖騎士は、聖女を守るようにその背後に控えている。

指摘される前に、あの魔物はちゃんと会話ができると訴えるべきだろうか。魔物を駆除すべきではない。そもそも彼の言う通りなら、聖職者こそが断罪される立場ではないのか――。

「あの」

アリアが口を開くと同時に、聖女も口を開いていた。

「あなたには退学していただきます」

あまりにも唐突で、一瞬、なにを言われているのかわからなかった。

「……退学、ですか……？」

繰り返しても、いまいち呑《の》み込めない。

「シド・ラスター、ロドリゲス・シルバステン、クレイグ・ロード、この三人と面識は？」

今度は聖騎士が感情の読めない低い声で尋ねてきた。

（誰《だれ》かしら。聞いたことがあるような……）

思案したアリアは、昨日話しかけてきた男子生徒たちを思い出した。

「面識というほどではありませんが、昨日、会いました」

「どこで？」

「外で声をかけられて……それで、森へ」

神官と聖騎士が視線を交わす。戸惑うアリアを無視し、聖女が質問した。

「森でなにを話しましたか？」

「――ハロルド様は王子だから、つきまとうなと」

「それから？」

重ねられる質問に、アリアは唇を噛《か》みしめた。男爵家の醜聞を口にした彼らは、一方的に退学しろと要求してきた。アリアの言葉に耳を傾けることなく暴力をふるおうとした。だから逃げ出したのだ。

それだけだった。

「どうやら彼らの言葉は正しかったようですね」

溜息《ためいき》とともに聖女がつぶやくのを聞き、アリアははっと顔を上げた。

「なにを言ったんですか？」

不安を覚えて尋ねると、聖女の代わりに神官が口を開いた。

「あなたに襲われたそうです。どんな方法を使ったか知りませんが、一時的に意識を失い、重篤な状況でした」

「お……襲ってなんていません」

「では、三人が口裏を合わせたとでも？　呼吸さえままならず、危うく命を落とすところだったんですよ」

「でも、わたしはなにもしていません」

「――呪《のろ》いだと、彼らは言っています」

神官から言葉を継ぐように、聖女が淡々と返す。

「男爵家での一件は、すでにわたくしたちの耳にも入っています。そのうえで受け入れたのは、聖域に入ることができたから――あなたにも聖女になる資格があると考えたからです。しかし、他《ほか》の生徒に危害を加える者を在籍させるわけにはいきません」

「わたしはなにもしていません。信じてください」

「わたくしたちも、あなたの言葉を信じたいのですよ」

聖女は慈悲深く語りかけてくる。信じたい。だが、信じるだけの根拠がない、と。

「あなたは男爵家でも問題を起こし、学園でも問題を起こしました。ここに置いておくわけにはいきません」

「聖女様、聞いてください。わたしは本当に……」

「残念です、アリア・アメリア」

アリアの言葉を、聖女は鋭く遮った。

「あなたが真実を語り、心から謝罪をしてくれることを、わたくしたちは期待していたのですけれど」

慈悲深いと思っていた。だが、違っていた。

断言する声はどこまでも無慈悲にアリアを突き放した。


聖女から、三日以内に学園から出ていくよう言われた。

荷造りが終わったあと声をかければ馬車を手配してくれるらしい。それで町まで送ってもらえる。あとは自力で男爵家に帰れという。

それは、学園に来た頃《ころ》に望んでいた状況だった。

「……下女には、なれないのね」

ようやくいなくなった厄介者が男爵家にひょっこり現れたら、姉たちはきっと激怒するだろう。継母だって怒り狂うに違いない。弟は不愉快そうに顔を歪《ゆが》め、父はうんざりしながらかかわらないよう努めるだろう。使用人たちは、誰がアリアの面倒を見るか、まるで死刑宣告でもされたかのように我が身の不運を嘆くのだ。そんな姿が容易に思い浮かぶ。

帰らない、という選択肢もある。

(どこか田舎《いなか》でこっそり暮らせばいいのよ。そうだわ、そうしましょう)

森に近い場所なら魔物を恐れ人々は近づかない。そこで一人、死ぬまでひっそりと暮らせばいい。誰にも見つからないように息をひそめながら老いていくのだ。

「素晴らしいわ」

つぶやいたら涙がこぼれた。

どこにも居場所がない。誰にも受け入れてもらえない。

「大丈夫。今までだって一人だったんだもの。これからだって平気よ」

アリアは自分に言い聞かせる。

だけど、誰かといっしょにいることが楽しいと知ってしまった。話しかければ答えてくれる人がいるのがどれほど幸せなことか、いっしょに食事をとってくれる人がいることがいかに素晴らしいか気づいてしまった。

「贅沢《ぜいたく》すぎたんだわ」

あたたかい食事も、いまだ慣れることのない柔らかなベッドも、清潔な衣服も、罵倒《ばとう》する人がいない生活も、なにもかも分不相応だったのだ。

一人になるのがこんなにも心細いなんて思わなかった。

御者《ぎょしゃ》に馬車から引きずり下ろされたとき以上に恐ろしく、こらえようと思っても、ボロボロと涙がこぼれ落ちていた。息が震え、とっさに両手で口をおおい嗚咽《おえつ》をこらえる。

ぎゅっと目を閉じると衣擦《きぬず》れの音がして、冷たいものが頬《ほお》に触れる。

「なにがあった？」

アリアの涙をぬぐいながら尋ねてきたのはディアグレスだった。森で助けられたときはただただ恐ろしい魔物にしか思えず、今もその仮面から感情は読めないのに、訥々《とつとつ》とした口調から心配してくれているのが伝わってくる。

けれど、ディアグレスは死を司る神だ。神々が望むのは聖女で、下女を目指していたとはいえアリアにも聖女になる可能性が存在し、それゆえ親切にしてくれたに違いない。学園を去ると伝えれば、彼は離れていくだろう。

身勝手と知りつつ、アリアは真実を語れなかった。

「なんでもありません」

「……そうは見えない」

戸惑いをにじませるディアグレスに、アリアは泣き濡《ぬ》れた顔で笑った。

(不思議だわ。〝人〟と話をしているみたい)

あれほどつかみどころのなかった神様が、必死でアリアに歩み寄ろうとしているように思えてきた。もう少しそばにいたら彼のことがわかるかもしれない。なにを考え、なにを願っているのか知ることができるかもしれない。

(けれどもう、わたしにはその資格がない)

「……一つ、お願いをしてもいいですか」

小声で尋ねると、ディアグレスがうなずいた。なんでも言ってみろ、そう告げるようにアリアの言葉を待ってくれている。

「頭を撫《な》でてもらってもいいですか」

幼子《おさなご》のような懇願に、ふっとディアグレスの口元がゆるんだ。

(え……笑って……?)

ドキリとした瞬間、大きな手が慎重にアリアの頭に触れてきた。気遣うような優しい仕草に胸の奥がぎゅっとして、離れていこうとする彼の手を慌ててつかんでもう一度自分の頭に押しつけてぐいぐいと左右に動かした。冷たいけれど、優しい手。二度と触れることができなくなるぬくもりに、再び涙がこぼれそうになった。

「ありがとうございます」

誰かと触れ合うのはこれが最後。

ディアグレスは死を司る神だからアリアとかかわっても呪われたりしないはずだが、急に不安になって、大急ぎで彼から離れて不器用に笑みを作った。

「わたし、行きます」

大丈夫、大丈夫、きっとうまくいく。

呪文《じゅもん》のように心の中で繰り返し、アリアは逃げるように駆け出した。

2

「アリアと会えないんだけど」

御所《ごしょ》の壁を拭《ふ》きつつハロルドは不機嫌顔で訴えた。

午前の授業が終わり、聖女に呼ばれてアリアが講堂を出てからいっこうに捕まらない。昼なら会えるかと食堂に行ったのに食事に来なかったし、死神の御所にも姿を現さない。

「体調を崩して部屋に籠《こ》もってるんでしょうか。ちなみに釘《くぎ》を刺しておきますが、西棟《男子寮》に女子生徒が入れないよう簡易結界が張られているように、東棟《女子寮》にも男子生徒が入れないよう簡易結界が張ってあります。死神が自由に行き来してるからって、間違っても結界を壊して乱入する

なんて問題行動に走らないよう願います。アリア嬢への迷惑を考慮して」

床を磨くアーロンがのんびりと警告してくる。

「……誰かに魔方陣を仕込んで様子をさぐってみるか」

「バレたら厳重注意じゃすみませんよ。半日会えないだけでパニックにならないでください」

「昼食の時間に食堂に来なかったんだよ？」

「食堂で食事をとるという決まりはありません。先生に呼ばれ、いっしょに食事をとったせいで食堂に顔を出さなかった可能性は？」

「……そうかもしれないけど」

なんだろう。胸騒ぎがするのだ。すぐにでもアリアに会って、得体の知れない不安をぬぐい去りたい。けれど、アーロンの言う通り東棟に乗り込めばアリアに迷惑をかけてしまう。

「こんなことなら話が終わるまで待ってればよかった」

「心配しなくても夜には会えますよ。夜は食堂に来るでしょうから」

楽観的に告げるアーロンから視線をはずし、ハロルドは寝室の隅を見て眉《まゆ》をしかめた。

アリアが用意した黒衣をまとい、いつもと同じ表情が読みづらい異形の仮面をつけた神様は、昼を少しすぎた頃に御所に現れちまちま柱を磨きはじめた。アリアが御所に来ないのに平然としている姿を見ると、「薄情なやつ」と文句の一つも言いたくなる。

そして、違和感に首をひねる。

「……ねえアーロン、あの神様、なんかちょっと浮かれてる？」

「いつも通りです。しいて違いを挙げるなら、ときどき自分の右手を見ている点です」

アーロンの指摘通り、死神は掃除をたびたび中断しては自分の手を見ていた。手のひらをしばらく眺めたあと、手の甲を眺める。そして、なにかをたしかめるように左右に動かすのだ。

「ディアグレス様、なにかあったんですか？」

刺々《とげとげ》しく語調を荒らげながら尋ねると、死神が顔を上げた。

「ない。……たぶん。なんでもないと、言っていたし」

ちゃんと返答があるのは快挙だが、意味がさっぱりわからない。浮かれたような空気が少しゆらいだと思ったら、死神は再びちまちまと柱を磨きだした。

死神は他の神々と明らかに違う。出会った頃は意思の疎通ができなかったし、雨がやんでも地上にとどまり、なぜだかアリア一人に執着し続けている。もしかしたらアリアとなにかあったのかもしれない。悶々《もんもん》としながらも掃除を再開すると、アーロンが息をついた。

「修復系の魔方陣を応用すればすぐにきれいになるのでは？」

「僕が努力してる姿をアリアに見てもらいたいの。手抜きしたいならアーロンがやってよ」

「いやです。魔力が勿体《もったい》ないです」

けちくさいことを言う侍従とくだらない話をしながら掃除をしていたら、やがて外が暗くなりはじめ、壁に設置されたランプが次々と点灯していった。それを合図に掃除道具を片付け、急ぎ足で食堂に向かった。

まだ夕食には早い時間にもかかわらず席の半分は埋まり、生徒たちは顔を突き合わせてなにやら熱心に話し合っていた。

「昨日、町に行った馬車って神官も乗ってたんだよな？　馬車が進むと森が左右に割れていくの、何度見てもヤバい」

「それより――今朝《けさ》、俺《おれ》見たんだ。シドたちに同行した神官が戻ってきたの」

平民出身の少年が告げると、生徒たちがざわついた。話題はアリアではなく、例の三人組のことらしい。ハロルドは椅子に腰かけ、耳を傾ける。アリアのせいで三人が意識不明になったという無責任な噂が流れているのが気になったからだ。

「三人とも、意識が戻ったって」

おおっと歓声をあげ、生徒たちが拍手する。安堵《あんど》する生徒がちらほらいる。

「でも、復学は難しいから、このまま退学するっぽい」

「え……なんで」

「盗み聞きだからはっきりわからないんだけど、状態がよくないって。それに、すごく怖がってて、戻りたがらないって言ってた」

曖昧《あいまい》な表現だ。なにに対してどう怖がっているのかまるでわからない。

けれど、皆には共通の認識があった。

「それをやったのって、アリア・アメリアよね？」

質問したのは、昨日、森の中で出会った少女――ドロシー・チェンバーだった。恐怖に引きつる蒼白《そうはく》な顔で、魔導国から聖女になるため訪れた少女は、なおも言葉を続けた。

「アリア・アメリアに呪われたってことよね？」

「ドロシー」

友人らしい少女がなだめるようにドロシーの肩に触れる。けれどドロシーは、その手を乱暴に振り払って叫んだ。

「私、あの子と同室だったの！　どうしよう、今まで何度も目が合ってるの。きっと私、嫌われてるわ。私もあの三人みたいに呪われるかも……!!」

「そんなはず……」

「だってあの子、ずっと私を睨《にら》んでたのよ!?」

訴える声の鋭さに誰もが息を呑んでいた。

「死神に取り憑《つ》かれてる子に目をつけられたんだから！　殺されるかもしれない！　いやよ。私、聖女になるためにここに来たのにあんな子のせいで死ぬなんて……!!」

「お、落ち着いて、ドロシー。先生に相談しよう。先生がなんとかしてくれるから」

「なんとかならなかったらどうするの？　私の代わりに死んでくれる？」

ドロシーが友人の両腕をつかむ。友人が怯えて手を振り払うと、ドロシーはさらに別の女子の腕をつかんだ。

「ねえ、友だちだよね。だから代わってくれるよね？」

ドロシーの恐怖が他の生徒に伝播《でんぱ》していく。他人事《ひとごと》だと斜に構えていた誰もが、切迫したドロシーの姿を見て不安を抱きはじめる。

椅子から立ち上がろうとしたハロルドを、アーロンがとっさに止めた。

「今はだめです。今動けば、ますますパニックになります」

「アリアが人を呪うだなんてあり得ない」

小さく描いた魔方陣に、アーロンがポケットから出した紙を押しつけてきた。形成した魔方陣が一瞬で効力を失い、次が描けない。

「落ち着いてください、ハロルド様。三人が退学するとは限りません。戻ってくるかもしれない。戻ってきたとき、彼らになにが起こったかを調べるのが一番確実です」

「――神官がわからなかったものを、お前が突き止められるとでも？」

「自分には無理です。そういう繊細な作業はハロルド様の得意分野じゃないですか」

これに関して異論はない。復学できるかどうかわからない三人を待つのは歯がゆいが、アーロンの提案がもっとも現実的だろう。

「三人が戻ってくる前提で、魔方陣の描き方を研究しておくか。嘘をついたら喉《のど》が潰《つぶ》れる仕掛けなんてどうだろう」

「そんな特殊なものを描いたら注目の的ですよ。神童は引退するんでしょう」

呆《あき》れるアーロンの手を振り払うと、ひらりと紙片が落ちた。紙には赤い真円の中にいくつもの円を重ね、びっしりと文字が書き込まれていた。魔導師たちが使う魔方陣だ。用はすんだとばかりにインクから青白い炎が噴き出し、紙片を燃やし尽くすと床に落ちる前に消えた。

ハロルドは椅子に座り直して食堂を見回した。

誰もがアリアを恐れていた。死を司る神ディアグレスに憑かれたとされる少女を。

――結局その日、食堂に彼女が訪れることはなかった。


荷造りはあっという間に終わってしまった。

古ぼけたカバンにわずかな衣類、それがアリアの持ち物のすべてだった。幸いだったのは、汚れた服はカバンから出しておくと勝手に消え、きれいに洗濯されて戻ってきた点だ。古着ではあるが、清潔になるのはありがたかった。

部屋着を汚すのは申し訳なく、かといって私服に着替えれば目立つので、アリアは制服のまま夜を待った。

消灯の時間になると、ランプは自動で明かりを絞っていく。さらに一時間ほど待つ。すると、棟全体がしんと静まり返った。

廊下に人がいないのを確認し、足音をたてないよう注意しながら東棟を抜け出す。棟はランプのおかげで明るかったが、外は厚い雲が垂れ込め月の光さえ遮られている。森はますます暗く、陰鬱《いんうつ》によどんでいた。

自分の指先さえ見えないほどの闇《やみ》に手を伸ばし、そっと木の幹に触れる。目を閉じ、湿った森の空気を深く吸い込んで慎重に足を踏み出す。

(まっすぐ進めばいいのよ。まっすぐ進んで、柵《さく》にたどり着いたら左へ)

すでに何度も通っている場所だ。目印を残すわけにはいかないから、校舎のどの位置から森に入り、どこまで進んでどこで曲がれば目的地にたどり着けるか十分にわかっている。

アリアは方角を見誤らないよう、木を伝って慎重に森の奥へと進んでいく。

「ねえ、こっちに来てったら!」

強い風が枝を揺らし、葉擦《ず》れの音がいっそう大きくなったとき、懇願する少女の声が風にのって聞こえてきた。

(この声……)

直接話したのは、入学式の直後の一回だけ。それでもときおり耳にしていたので、アリアにとっては馴染《なじ》みのある声だ。

(名前は……えっと、ドロシーさん)

棟内で点灯や消灯の時間は決まっていても、就寝時間に明確なルールはない。だから起きている生徒がいても不思議ではないのだが、夜中に好んで外に出る生徒は稀《まれ》だ。

声を頼りに森の奥へと踏み入ると、濃い闇の中に、部屋着姿のドロシーが灰色に浮かび上がって見えた。ろうそくの火が消えないよう庇《かば》いながら、柵の向こうに呼びかけている。

「こっちにおいでったら！　ほら、今日は食べ物もあるのよ！」

柵の向こうに動物がいるらしい。干し肉を手元でぶらぶらさせながら、必死の形相で手招きする。そんな彼女の様子をうかがうように、金色の双眸《そうぼう》がゆっくりと瞬《まばた》いている。

(あれは、猫？)

暗すぎてよく見えないが、「にゃぁん」と鳴く声が小さく聞こえてきた。愛らしい声だ。ゴロゴロと喉を鳴らす音もする。

(わたしが猫だったら、ああして声をかけてもらえたのかしら)

ついつい寂しい考えになってしまい、アリアは溜息とともにその場を離れた。長居をして気づかれたら、猫と触れ合おうと必死になっているドロシーの邪魔をしかねない。今でさえ避けられているのにこれ以上嫌われたくないという気持ちが先に立った。

アリアは場所を確認しつつ、再びゆっくりと歩き出す。しばらくすると、目的地である丸太小屋へとたどり着いた。

ノックをし、しばらく待ってドアを開ける。丸太小屋の中は森以上に暗く、アリアはぎょっと後じさった。

「遅かったな」

闇以外のものがいることにほっとして、アリアは胸を撫で下ろした。

「すみません。た……食べ物を、持ってくることができなくて」

手探りで丸太小屋に入ると「右」と魔物が話しかけてきた。

「棚の上に、ろうそくがある」

言われるまま闇の中をすり足で進むと棚があり、魔物の言う通りろうそくらしき感触のものを見つけた。

「こんなところにろうそくがあったなんて気づきませんでした」

感心して振り返り、なにかに腰をぶつけてよろめいた。「あ」と声が出る。この状況でろうそくを落としたら探せる自信がない。とっさに両手でろうそくを庇ったら、体がおかしな方向に傾いた。

「きゃ……!!」

床に体を打ちつけるとばかり思っていたアリアは、それが存外に柔らかいことに驚いた。

「急に動くな」

舌打ちとともに耳元で声がした。耳に触れた熱に思わず身をすくませると、前触れなく手にしていたろうそくに灯《ひ》がともった。

「急に火が……も、申し訳ありません」

ろうそくに視線をやったアリアは、一拍遅れて魔物の胸に倒れ込んでいる自分に気づいた。いくら拘束されていても、相手は危険な魔物である。アリアは慌てて離れようとした。そんな彼女の首元に魔物が顔を寄せ、犬のようにくんくんと鼻を鳴らした。

(に、においー！　においを嗅《か》がれているわ!?)

「すみません。諸事情で今日はシャワーを浴びていなくて……!!」

アリアは涙目だ。体臭はそれほどきつくないと思っていたが、相手は魔物である。きっと人よりずっと嗅覚《きゅうかく》が鋭いのだろう。退学を言い渡されたとはいえ、身だしなみとしてシャワーは使わせてもらうべきだった。

けれど、嘆くアリアの耳に意外な言葉が飛び込んできた。

「いいにおいがする」

(いいにおい？　食べ物のにおい??)

腕を持ち上げてにおいを嗅いでみる。だが、よくわからない。そもそも今日は朝食にパンとスープを食べただけで、そのにおいがまだ残っているとも思えない。

(じゃあ体臭……!?)

明日《あす》は馬車に乗って町まで行く予定だ。そんなににおうなら御者に迷惑をかけてしまうかもしれない。今からでもシャワーを借りるべきかと焦っていると、ぐいっと押されて体が大きく後ろに傾いた。

ろうそくが傾く。アリアがとっさにろうそくをかかげると、無防備になった体がふわりと支えられ、床に押し倒されていた。

「……え……?」

じいっと魔物がアリアを見おろしてくる。

(な……なにかしら、この体勢)

おおいかぶさってくる魔物に混乱する。顔を近づけてきた魔物は、もう一度アリアの首筋に鼻を近づけてにおいを嗅いでいる。

(そんなに臭いの——!?)

わざわざ確認するほど気になるにおいなのか。真っ赤《まか》になって震えていると、ペロリと首筋を舐《な》められて「ひゃっ」と変な声が出た。

「ま、待ってください!」

ろうそくを手にしているせいで、うまく力が入らず押しのけられない。わたわたと暴れているると、魔物がぴたりと体を寄せてきた。

「腹が減った」

小さく聞こえてきた声に、アリアの動きが止まる。

(ここに来て魔物さんは一度もごはんを食べてない! お水も飲んでない!! お腹《なか》がすいて当然だわ!!)

合点《がてん》がいった。なるほど、空腹だったのだ。なんとなく別の意味ではないかとも思ったが、アリアは無理やりそういうことにして納得した。

「すぐにパンと飲み物を持ってきます。この時間でも食堂に行けば……」

「違う」

あっさり否定され、アリアははっとした。人の食べ物に口をつけなかったのは、それ以外のものを希望しているからだったのだ。

アリアはぶるぶると震えた。見つめてくる金の眼差しにこくりと唾《つば》を飲み込んで、そうっと腕を差し出す。

「囓《かじ》ります……？」

正直、食べ出《で》のない腕だと思う。肉も脂もついていないし、筋張って骨しかない。誰が見ても間違いなく上等な食べ物ではないだろう。が、お腹がすいていたら力が出ない。それでは困る。

「いいのか？」

問いかけられて、アリアは真剣な顔でうなずいた。

「お腹がすいていたら走れません」

「走る？」

「明日、わたしは退学します。ディアグレス様も、ハロルド様たちも、魔物さんには友好的ではないので、できれば今のうちに逃げてもらいたくて」

「それでわざわざこんな時間に来たのか？」

「はい。鎖さえはずれれば逃げられると……逃げ……？」

ここでようやく、アリアは魔物の体が比較的自由に動いていることに気がついた。不可視の鎖で繋《つな》がれてひざまずいていた彼は、今、アリアを押し倒す格好で思案しているのだ。

「どうして動けるんですか」

「永続する魔法は存在しない。どれほど優秀な魔導師でも、魔力は摩耗《まもう》する」

アリアは仰天する。

「動けないふりをしていたんですか？」

「はじめは本当に動けなかった」

なにが気に入ったのか、答えながらまたにおいを嗅いでくる。

「く、臭いならにおいを嗅がなくても……!!」

「臭いとは言ってない。好みのにおいだ」

「好みのにおいってなんですか」

「そそる」

なぜだろう。なにを言っているのかさっぱりわからない。

「人間に興味はなかったんだが」

おまけに魔物自身も不思議そうにしているから、ますます訳がわからなくなってくる。

「ろうそくが危ないからどいていただけませんか」

「食っていいか」

真剣に尋ねられてアリアは泣きそうになった。

「腕……腕だけでお願いします」

「腕では足りない」

「パンを持ってきます」

「興味ない」

なにがなんでもアリアを食べたいようだ。アリアの手首に唇をあて、口を開く。犬歯がゆっくりと皮膚に食い込んで、ぞわっと鳥肌が立った。痛みはない。ただぞわぞわと肌が粟立《あわだ》っていく。

「……いいにおいだ」

楽しげに笑った魔物が、ふっとなにかに気づいたように唇を離した。

ドッドッドッと鼓動が乱れ、アリアはようやく呼吸が止まっていたことに気づき、大きく息を吐き出した。

「お前、魔物に会ったか?」

呼びかけが〝貴様〟から〝お前〟に変わっている。無意識なようだが、少しだけ魔物との距離が近くなった気がした。

「魔物なら、目の前に」

「俺じゃない」

ちょっと怒ったように睨まれ、アリアは肩をすぼめた。

「魔物さん以外の魔物は……」

「シーザーだ」

「シーザー？」

一般的に、人は魔物をひとくくりで扱うことが多い。もしくは獣型の魔物だの、植物に擬態する魔物だのという大まかな分類か、あるいは、人型の魔物を人魔《じんま》、犬に似た魔物を犬狼《けんろう》、牛に似た魔物を牛魔《ぎゅうま》というようにくくるのだ。

だから名前があることに驚いた。

「素敵な名前ですね」

素直に感想を述べると「ふん」と魔物——シーザーが鼻を鳴らした。「当然だ」と言わんばかりの姿が少し微笑ましい。

「わたしはアリアです。アリア・アメリア」

「どこで魔物に会った？　昨日と同じにおいがする」

「昨日？」

首筋に鼻をくっつけてふんふんとにおいを嗅ぎなら告げられて、くすぐったくて思わず身をよじった。

「あの小僧たちにも残り香《が》があった。あの寄生型、今日もこの辺りをうろついているのか」

「小僧？　寄生型？」

だめだ。くすぐったくて話に集中できない。アリアはなんとかシーザーの腕から抜け出して、手で胸を押さえてほうっと息をついた。なぜ逃げる、という顔をされたが、どうやら鎖の呪縛《じゅばく》から完全に解放されたわけではないようで、それ以上は近づいてこない。アリアは棚の上にろうそくを置き、ようやく落ち着いた。

深く息を吸い込んで、まっすぐシーザーを見る。

「聖職者が私利私欲のために魔石を横流ししているのは本当ですか」

別れる前に確認したかったことを、アリアは躊躇《ためら》いつつも口にする。そんな話か、とでも言いたげにシーザーは鼻で笑った。

「魔物の数が減らないのがなによりの証拠だ」

減らないどころか魔物の被害は年々増加傾向にある。だから聖職者が必要とされ、学園に生徒となる者が集められるのだ。

「聖職者は魔石を管理することで魔物の数をも管理する。欲深いことに、自分たちこそが正義だと吹聴しながらな。それがわかっているから、お前は俺を解放しようとしているのだろう。

俺が死ねば俺の体から取り出された魔石は聖職者の金儲《かねもう》けの道具になる」

「その魔石がやがて強い魔物を生み出すなら、あなたを殺すことは得策ではありません」

「いい判断だ。俺とは違い、上位種の中にはただの道楽で人間を殺す魔物がいるからな。俺を殺すより逃がしたほうが人間には有益だろう」

「で、でも、ただ逃がしていては、状況は変わりません。シーザー様のように対話ができる魔物がいるのなら、きちんと話し合うべきだと……」

「――予想外だ」

「え？」

「今の流れなら、目先のことだけを考え〝安全な魔物〟は即逃がすと言うと思ったんだが」

「――そう考えるように、誘導したつもりですか」

「逃げればこっちのものだからな」

あっさりと認めるシーザーに、アリアは思わず噴き出した。

「そんなことを素直に言ってはいけません」

笑いながら不可視の鎖をはずそうとするアリアに、シーザーは少し戸惑ったようだった。

「本気で鎖をはずす気か？　殺して魔石を持ち出せば、聖職者どもは気づかない。簡単でもっとも合理的な方法だ。――鎖をはずしたら、襲うかもしれない」

おかしなところで不安がる魔物に、アリアは再び小さく笑った。

「襲う気なら、とっくにそうしていたと思います」

「……さっきのあれも、襲っていたようなものだが」

ぼそりと聞こえてきた声に、アリアは思わず顔を上げる。

「え？」

どこが？　と首をひねると、ちょっと変な顔をされてしまった。ごほんと咳払《せきばら》いして明後日《あさって》の方角を見てしまう。

「とりあえず食うのはあとにする。楽しみは取っておく」

「そ……そうですか」

腕だけで足りるだろうかと内心ビクビクするアリアは、どこから食《で》おうかと思案するシーザーと認識がずれていることに気づかない。とにかく今は一刻も早く彼を自由にして、聖域の外に逃げてもらう必要がある。魔物はアリアの意図を理解した。ならば、今後の話し合いはきっとハロルドが請け負ってくれるだろう。

アリアはつかんだ鎖を左右に揺する。どういう原理なのか、見えないけれどたしかに実態のある鎖は、アリアの力ではびくともしなかった。

「なぜ、シーザー様は聖域に？」

以前から気になっていたことを口にしつつ大きな枝打ちバサミを手に取る。鎖の位置を確認して慎重に枝打ちバサミをあてるが、見えない鎖は予想以上に硬くて切れる様子はない。

「シ、、、ーザーだ」

「……シーザーは、なぜ聖域に入ったんですか？」

訂正すると、ふっとシーザーが目を伏せた。

「その必要があったからだ」

「魔石にかかわることですか」

魔石は聖職者が管理している。魔石が魔物の強さを左右し魔物の数をも左右するのなら、それを手に入れようと聖域に侵入したと考えるのが順当だろう。

けれど、彼はうなずかない。

「違うんですか？」

答えたくない質問のようで、シーザーはそっぽを向いてしまった。

アリアは枝打ちバサミを手放し、斧《おの》をつかむ。重い。しかし、これなら鎖が切れそうだ。

両手でしっかり持って構えると、シーザーがちょっとひるんだように身じろいだ。

「聖域が魔物にとって危険な場所だということは知っていたんですよね？」

「今の俺にとって、お前以上に危険な存在はないと思うんだが」

「大丈夫です。じっとしていてください」

よいしょっというかけ声とともに斧を振り上げる。そこでバランスを崩してよろめいた。

「……待て」

ずるずるとシーザーが逃げていく。本当に、驚くほど移動できる範囲が増えている。

壁に追い詰められたシーザーが青くなって見上げてきた。

「動いちゃだめです」

「待てと言っている」

「んっ」

斧を振り下ろしたら、シーザーがさっと体を傾けて逃げた。根性で振り下ろした斧が壁に突き刺さる。

アリアは壁に刺さった斧と驚愕《きょうがく》の眼差しで固まるシーザーを見比べた。

「なぜ逃げるんですか」

「今のは間違いなくあたっていたぞ、俺に」

「いえ、大丈夫です。ギリギリで首の脇《わき》です」

「完全に頭だ」

「……もうちょっと下ですね。今度はじっとしていてください」

斧の柄を握り直し、上下に揺すりながら引っぱる。思ったより深く刺さっているようでなかなか抜けなかったが、それでも両足を踏んばって全力で引っぱるとなんとか抜けた。

「もっと小ぶりな斧がいいのかしら。でも、それだと威力が落ちるわ。ちゃんと鎖を断ち切るためにはこのくらいないと」

「別の方法を考えろ」

　迷うアリアにシーザーが小声で提案してくる。しかし、小屋の中にちょうどいいサイズの斧は見当たらない。

「シーザーには夜のうちにここから離れてもらいたいんです。他に選択肢はありません」

　きりりと返すとシーザーがますます青くなった。

「外部から物理的な刺激を与えれば、恐らくこの鎖は切れるはずだ」

「わかりました」

「違う。早まるな。それ以外の方法でもなんとかなるはずだと言いたいんだ」

　シーザーの語調がなぜだか懇願になっている。

「いくら魔物でも痛覚はある。人間より再生能力が高いとはいえ、切られればそれなりに痛い。それともなにか。食うと言ったことに腹を立てているのか？」

「いえ、そんなことはありません。お腹がすいていたら力が出ません。でもその前に、シーザーを自由にしないと。ちょっとじっとしていてくださいね。手元が狂うと大変です」

「狂ってなくても大変だろう」

「よいしょっ」

　斧を持ち上げてよろめくと、シーザーの顔が恐怖に歪んだ。心臓ですら自力で動かせる魔物でもこんなに焦ることがあるのかと、アリアはちょっと驚いた。

「俺の話を聞け！」

「聞いています。時間がありません」

「聞いていないだろう！」

鎖に邪魔されてシーザーの移動範囲はそれほど広くない。アリアからできるだけ離れようと苦心しても、一定の場所で止まってしまう。これ幸いだ。

「怖かったら目をつぶっていてくださいね」

できるだけ優しい声で話しかけると、シーザーがふるふると首を左右にふった。全身で「やめろ」と訴えかけているようだ。しかし他に彼を自由にする方法が思い浮かばないので、アリアは意を決して斧の柄を強く握りしめた。

振り下ろそうとした、そのとき。

ガラスが砕けるような澄んだ音が辺りに響き渡った。アリアは斧を下ろし、きょろきょろと丸太小屋を見回す。小屋の窓ガラスに変化はない。だが、破砕音《はさい》が繰り返し聞こえてくる。

「なんの音……？」

つぶやいた瞬間、獣の雄叫《おたけ》びがとどろいた。腹の奥にまで響くような声だった。

アリアは斧から手を離し、とっさに耳をふさいだ。ひどく不快な声だったのだ。不快であると同時に、恐ろしい声でもあった。

「――聖域が、解かれた」

「え?」

シーザーの声に戸惑いながら振り返ると、先刻より幾分高い破砕音がして、なにかがバラバラと床を叩《たた》いた。不可視の鎖が粉々に砕け散ったのだと知ったのは、シーザーが腕を払ったのを見た瞬間だった。

アリアが〝音〟として感知した破砕音にはそれ以外が含まれていたらしい。シーザーの表情が険しくなった。

「レッドベリルの仕業《しわざ》か」

「シーザー、聖域が解かれたって……聖域が、なくなったってことですか?」

聖域は聖女たちが維持し続ける聖なる領域だ。定期的に補強する必要はあるが、それが打ち破られたことは過去になかった。少なくとも、アリアの記憶にはない。

魔物の侵入を防ぎ人々の安全を守る広域結界――それが、今、存在しない。

ぞわっと鳥肌が立った。

無言で見つめてくるシーザーの双眸が、獣のそれであることに気がついた。

「魔物が押し寄せてくるぞ」

ささやく声に地響きが重なる。いつもは静寂をまとう森に、疑いようもない異常事態が発生している。

「は、早く、みんなに報《しら》せないと……!!」

消灯時間はとうに過ぎ、ほとんどの生徒は就寝しているはずだ。聖域の境目を示す柵から建物まで森があるとはいえ、魔物にそれが障害になるとは思えない。むしろ生息地の延長と考えたほうがいい。ならば、瞬く間に学園にたどり着き生徒たちを襲うだろう。

丸太小屋から出ようとしたアリアは、シーザーに肩をつかまれ引き寄せられた。

「離してください。みんなのところに行かないと……!!」

訴えた刹那《せつな》、ごうっと大きな音がした。眼前にあるものがすべて斜めに吹き飛ばされ、激しい風が視界を攫《さら》う。

アリアを守るように抱きしめたシーザーが低く唸《うな》る。

とっさにつぶっていた目を開けると、そこには見知った少女が立っていた。

「あらぁ、こんなところでなにをしてるのかしらぁ?」

鼻にかかる甘ったるい声で尋ねてきたのはドロシー・チェンバー。さっき柵の前で猫に話しかけていたはずの少女だ。吹き飛ばされた小屋の残骸《ざんがい》がバラバラと森に落ちる様子に驚いたそぶりもなく、まっすぐアリアたちを凝視している。

似つかわしくない嘲笑《ちょうしょう》を浮かべる彼女の背には黒い翼があった。

それも、片翼だ。

翼が大きく広がって一度だけ羽ばたくと、ゆっくりと閉じていく。

「ドロシーさん、その背中……」

唖然《あぜん》とするアリアに、ドロシーが「ふふん」と鼻を鳴らした。翼が開き、バサバサと動く。まるで彼女の意志で動かしていると言わんばかりに。

「かわいいでしょ。自慢の翼なのよ」

そう言ってから、ドロシーはスカートをつまんだ。

「でもこの服はきらいだわ。全然かわいくない。白一色なんてセンス疑うわぁ。服はもっと派手でなきゃ」

「レッドベリル、どういうことだ。なぜ貴様が動いた？」

シーザーの問いに、ドロシーがつまんでいたスカートから手を離した。

「ごあいさつじゃない。神官殺して紹介状を手に入れてやったのに、あんたがちっとも動かないからでしょ。待ってるの飽きちゃったのよ、アタシ」

「貴様は監視役のはずだ」

「――やっだぁ。本気でそう思ってたの？　バッカじゃないのー。あんたなんて信じられるわけないじゃない。出来損ないの半端者《はんぱもの》の分際で、ずうずうしいのよぉ」

きゃはははっとドロシーが笑う。耳障りな失笑。相手を煽《あお》るためだけに向けられる言葉と態度。アリアの知っているドロシー・チェンバーとは似ても似つかぬ表情と行動だった。

「魔物の王は、半端者のあんたなら結界のほころび程度にはなるだろうって考えてたけど、あんた自身にはこれっぽっちも期待してなかったのよ。実際にはほころびどころか傷程度にしかならなかったし。おかげでアタシ、聖域に入れなくて生徒に寄生しなきゃいけなかったんだから。まあ傷がなかったらこうして入れなかったわけだから、あんたみたいな出来損ないでもアタシの役には立ったのよね。その点は褒めてあげる。光栄だって思っていいわよお」

アリアは楽しげに語るドロシーから視線をはずし、シーザーを見た。

(魔物の王？　ほころび？　役に立つって……)

彼の目的は。魔物でありながら聖域に足を踏み入れた理由は。

「シーザーの目的は、聖域を壊すことだったんですか……？」

問うアリアの耳に、再び「きゃはは」と笑い声が届いた。

「ハッズレー。アタシたちの目的は聖域じゃないの」

「だったら魔石ですか」

「きゃはは。なにこの子、面白いー」

ドロシーが体をくねらせて笑う。開いた手で口を隠し、にんまりと口を歪ませる。

「そうねー、ここにはたくさんの魔石が保管されてるわよね。うんうん、見つけたら自由にしていいって言ってあるから、みんな、夢中で探し回るはずよねえ」

森の至る所から雄叫びが聞こえてきた。地響きとともに木々が揺れ、なにかが闇の中を移動しているのが伝わってくる。

「だけど、アタシの目的は違うの」

瞳孔《どうこう》が縦に裂けた。

「アタシの目的は神域を破壊すること。神々の大樹を粉々に砕いちゃうのよ」

ドロシーの言葉にアリアは絶句した。世界を創り出した神が住む大樹を壊せば秩序が失われる。それから先の未来は、誰もが想像し得ない闇の時代になってしまう。

ドロシーが両腕を広げた。

「魔物の時代がやってくるの。血と殺戮《さつりく》、狂乱の新世界よ！」


アリアは愕然《がくぜん》とする。なぜドロシーがそんなことに荷担しているのかわからない。目立つ少女ではあったけれど、聖女を目指して入学したはずなのに。

「ああほら、もうちょっとよ」

ふっと遠い目をしたドロシーがつぶやく。

「――貴様、片翼はどうした？」

シーザーの問いに、ドロシーが笑う。苛立《いらだ》ったシーザーが足下に落ちている斧を拾い、即座に投げた。

「ドロシーさん！」

アリアが悲鳴をあげた次の瞬間、ドロシーが華奢《きゃしゃ》な腕であっさりと斧を払い落とした。

「ど……どうなって……」

「あれはもう人間ではない」

「え……？」

「寄生型の魔物だ。生き物の中に入り込んで、体を食いながら増殖していく」

「じゃあ、ドロシーさんは」

「一番はじめに食うのは脳だ」

シーザーが告げる衝撃の一言に、ドロシーは――かつてドロシーであったものは、粘つくような笑みを浮かべた。

「優しいでしょ、アタシ。脳から先に食べるから、苦痛は最小限なのよぉ。本当はね、一番最後に食べるほうが楽しいの。恐怖に歪む顔、少しずつ絶望していく姿、最高にぞくぞくしちゃうわぁ」

「下種《げす》が」

「高尚ぶらないでほしいわぁ。あんただって魔物でしょ。人を食わないんですって？　だから出来損ないって言われるのよ！」

ドロシーは左腕に右手を添えた。その指が皮膚に食い込み、幾筋もの血がしたたって地面に赤黒い染みを作っていく。どこかで火の手が上がったらしく、森の奥が明るくなっている。

ぱきりと鈍い音がした。

ドロシーの――レッドベリルに取り憑かれた少女の左腕から、血まみれの棒が引き抜かれていく。

骨だ。

恐怖でアリアの肌が粟立った。

レッドベリルが骨をなぎ払うと、それは瞬く間に形状を変え、一振りの剣になった。

「や……やめてください。ドロシーさんが……」

「んふふふ。次はあんたの番なんだから、他人のことを心配してる暇なんてないわよ」

舌なめずりする片翼の魔物は、優しい声でアリアに話しかける。

「せっかくだから、脳は最後に食べてあげるわね。あら、アタシったらイジワル」

「――これは俺の獲物だ」

「出来損ないのくせにアタシに意見するんじゃないわよ！　生意気ね！」

レッドベリルが乱暴に剣を振り回す。風がうねり、丸太小屋の床に転がった道具が吹き飛び、周りの木が大きくしなる。

反射的に足を引いたアリアを、シーザーがとっさに背に庇った。

「きゃはは！　やっぱり半端者ね！　人間を守るなんて！」

剣を乱雑に振り回しているだけなのに風圧で目が開けられず、アリアは吹き飛ばされないよう必死でシーザーにしがみついた。

次の瞬間、つかんでいたはずのシーザーの服が手の中から消えた。どっと鈍い音が響き、弾《はじ》かれたように前を向くと、シーザーがレッドベリルに襲いかかっていた。

「俺が聖域を壊せば、あの女を解放するという約束だった」

拳を剣で止められたままシーザーが低く問う。切迫した声だ。

「作戦失敗で交渉は反故《ほご》ね。残念だわぁ」

「貴様が勝手に動いただけだ。失敗じゃない」

「失敗よ」

シーザーの反応を楽しむように、くすくすとレッドベリルが上目遣いで笑う。

「……まさか」

「おバカさん。人間が魔物の中で生きていけるなんて本気で思ってたの？　とっくに食われちゃってるわよ。死なないように少しずつ囓って、でももう内臓もからっぽになっちゃったから動かないわ。魔物ならもう少し生きてたのに、人間って脆弱《ぜいじゃく》でつまんないわぁ」

レッドベリルは愛らしく小首をかしげながら壮絶な話を口にする。シーザーが助けようとしていたのは〝人〟で、恐らくその人はずいぶん前に亡くなっていたのだろう。作戦が成功しても失敗しても結果は変わらなかったのだ。

ぞっと背筋が冷えたのは、シーザーの静かすぎる後ろ姿を見たときだ。感情を高ぶらせることもなく、言葉を発しているわけでもないのに、彼の怒りが肌を刺すようだった。

「貴様は死ね」

シーザーの拳《こぶし》とレッドベリルの剣がぶつかった。その衝撃に、アリアの体が浮き上がった。

「きゃ……!!」

風圧に吹き飛ばされる――そう思ったとき、背後からぐっと肩をつかまれた。

「ディアグレス様……!?」

異変に気づき、駆け付けてくれたらしい。異形の仮面がアリアの顔を覗《のぞ》き込み、ほっとしたように息をつく。そして、漆黒の衣でアリアを包みこんだ。

レッドベリルにシーザーが襲いかかる。風圧で木々が裂け、風が炎を巻き上げて森に広がっていく。

遠く、悲鳴が聞こえてきた。

「あ、あ、あの、ま、ま、魔物が、学園に……みんなを助けないと!!」

アリアを黒衣に包んだまま後退する神に必死で訴える。

「魔物を殺せばいいのか?」

率直に尋ねられ、アリアは口ごもった。

話し合えばわかると思っていた。けれど、それはとても難しいのだと気づいてしまった。

シーザーのように対話をしてくれる魔物は希少で、本来はレッドベリルのような魔物が大半だ。

会話ができても和解はできない。彼らが人を襲うのは本能で、高い知能を持つ魔物は愉楽で殺戮を繰り返す。人が苦しむさまを眺めるのがただ楽しいのだ。

「お前が望むなら……」

アリアを見おろしていたディアグレスが、ふっと視線を上空に向けた。

「神域が消えた」

「え？」

（神域？　聖域じゃなくて？）

聖域は学園をおおう聖なる領域だ。そして、神域は聖域の中心に立つ神々の大樹を守るために作られた絶対領域――本来なら神と聖女以外、誰も近づけないはずの場所である。

「きゃはは！　順調じゃなぁい！　これでアタシも幹部に昇進ね！　最高だわぁ!!」

シーザーから距離と取り、けたたましくレッドベリルが笑う。

「戻ってらっしゃい、アタシの片翼」

剣をなぎ払うと、燃え上がる森を一閃《いっせん》、なにかがすさまじい勢いで飛翔《ひしょう》し、レッドベリルの肩につかまった。片翼の猫だ。羽根が抜け、体の至る所が溶けてボロボロになってはいるが、ドロシーが柵の前で必死に呼びかけていたあの猫だった。

猫がレッドベリルの肩に爪《つめ》を立てると、ずるりと音をたてて一人と一匹の体が融解し、混じり合った。ドロシーだった少女の肩に奇妙なコブと化した猫と異形の翼がくっついている。

そして、彼女の顔にも大きな変化が起こった。皮膚が引きつり、口の一方が耳まで裂け、獣のような歯列が覗いたのだ。

「この体、なかなかいい具合なのよ」

茫然《ぼうぜん》とするアリアに気づき、レッドベリルがにんまりと笑った。

「人にしては魔力量が多い。だからとっても馴染みやすくて扱いやすい。そのうえおバカさんだから、アタシが魔物だと知ってるのに自分から近づいてきたの。人間って愚かよね。だから滅びるのよ。可哀想《かわいそう》ねぇ」

「黙れ」

ミシミシとシーザーの腕が音をたてる。振り上げた腕はびっしりと黒い毛でおおわれていた。鋭利な刃物のように爪が伸びる。

「いいわよ、来なさい。骨も残さずしゃぶってあげる」

レッドベリルが右腕からも骨を抜き出し、もう一振り、剣を作り出した。

刹那、巻き上がった炎に二人の姿が呑み込まれた。

「シーザー……!!」

炎が幾度も大きく揺れる。黒衣から抜け出し足を踏み出すと、ディアグレスがアリアの腹に腕を回し、ぐいっと後ろに引いた。

「大樹が倒れる」

ディアグレスは空を見ている。炎に赤々と照らし出された木々のその向こう、天高く枝葉を伸ばす大樹を見つめているようだ。

いろんなことが一度に起こってどうしていいのかわからない。シーザーを助けたい。だが、生身のアリアが炎の中に飛び込んで無事でいられるわけがない。無駄に怪我人を増やすだけだろう。生徒のことも気になるし、神域も、大樹も、どちらも無視できない。

学園がある方角を見ると、火の粉をさけるようにして近づいてくる人影があった。

「姉さま！　よかった、無事で……!!」

枝を払って駆け寄ってきたのはハロルドだった。あとからアーロンもついてきている。

「結界に変な反応があったから様子を見に来たら魔物がいて……って、小屋は!?」

残骸となった丸太小屋にハロルドが目を見張った。

「あの魔物は？」

アーロンが火柱に身構えながら尋ねてきた。

「他の魔物と戦っています。ま、魔物が、聖域と神域を壊したみたいで……」

「——聖域と……神域？　神域って、大樹は!?　ディアグレス様、なんでここにいるの！　なんで大樹を守りに行かないの!!」

真《ま》っ青《さお》になったハロルドが絶叫すると、ディアグレスはアリアの肩に触れた。

「優先順位」

こっちが上と言わんばかりのディアグレスにハロルドが地団駄を踏む。

「意思疎通できるようになってもこれじゃ意味ないだろ！　マイペースもほどほどにしてよ！　姉さまは魔物に襲われないよう安全な場所に避難して！　アーロン、戻るよ！」

「わ、わたしも行きます」

「だめ！　姉さまは避難！」

ハロルドは鋭く命じてアーロンとともに来た道を戻る。慌ててあとに続いたアリアは、すぐに木の根に足を取られて転びかけ、ディアグレスに抱きとめられた。彼はそのままアリアを抱き上げると、アリアの体重などないかのような足取りでハロルドを追いかけはじめた。

「ディアグレス様！　なんでついてくるの!!　姉さまが優先なら僕のいうこと聞いてよ！」

「だが、行くと言った」

「姉さまの意見じゃなくて安全優先にしてったら！　優先順位無茶苦茶じゃないか！」

怒鳴るなり手首を返す。手のひらにうっすらと光の模様が刻まれ、消えた直後、ぎゃっと森の奥から声がした。魔物が一匹、草の中に沈んだ。

「聖域が消えたなら、〝人間《獲物》〟がいる学園が一番危険な場所になる。先生たちだけじゃ対処できない。建物付近は危険なの。来るならディアグレス様だけにして！」

「――アリアが」

「だから姉さまの意見は後回しだって言ってるじゃないか――!!」

「ハロルド様、不毛なのでやめましょう。この神様、基本的にポンコツです。アリア嬢の言葉しか聞いてません」

咆哮《ほうこう》するハロルドに、アーロンが額を押さえながら告げる。ぎゅっと首につかまるアリアをディアグレスがまったく離すそぶりを見せないからあきらめたらしい。

「ディアグレス様、重くないですか？　下ろしていただければ自分で歩くので……」

「問題ない」

心配になって提案したらあっさりと断られ、離すどころか強く抱きしめられてしまった。こんな状況なのに、すっぽりと包んでくれる腕が頼もしいと思えてしまい、アリアは少し狼狽《うろた》えた。

(こんなふうに誰かと触れ合った経験が少ないから、ドキドキしてしまうんだわ)

ここがどこよりも安全な場所なのだと、彼ならなにがあっても守ってくれると、そんな確信がわいてきて恐怖をやわらげてくれる。

鉱石の鱗《うろこ》を持つ二足歩行のサル、喉まで裂けた口を持つ犬もどき、牛に似た巨大な角を持つ生き物、手も足もなく両翼で飛翔する者、鋭い牙《きば》を持ち集団で動くネズミなど数え切れないほどの異形は、学園に近づくにつれ格段に増えた。

その一部はすでに建物中に入り込み、生徒たちを襲っていた。

「剣を持て！　核を壊すんだ!!」

絶叫した男子が、魔物に押し倒された別の生徒を助けようと剣を振り回している。

「大樹の周りに集まりなさい！　怪我人を優先して運ぶのです！」

神官が、攻撃力が増すよう聖騎士に祝福を与えながら指示を出す。聖騎士は次々と魔物を切り伏せ、新たな魔物を倒していく。

それでも、魔物の数はいっこうに減らない。それどころかますます増えていくのだ。

「先生、無理です。負傷者が多すぎます」

「弱音を吐いている場合ではありません。大丈夫、私たちには神々の加護が――」

神官の肩に魔物が食いついた。肉を食いちぎり、咀嚼《そしゃく》する。神官の絶叫を聞き、生徒たちがパニックになって四方に逃げ出す。

「落ち着け！　バラバラになるな！」

命じた聖騎士の顔に魔物が食らいついた。どっと倒れる聖騎士を見て、生徒が絶望に泣き叫んだ。

「いやああ！　助けて！　誰か！　助けて……!!」

「死にたくない、死にたくない！」

生徒が落ちた剣を拾ってめちゃくちゃに振り回している。それを見て、サルの姿をした魔物が楽しそうに笑う。血臭とうめき声、叫び声、すすり泣く声――聖職者を生み出すはずの建物は今、苦痛と死に満ちていた。

「ああもう！　なんで先生の話を聞かないかな!?」

「まったくです。応戦するため校舎から出たのは理解しますが、生徒が一ヶ所に集まれば防戦も楽になり、聖女が聖域を作る時間ができたはずなのに」

不満を訴えるハロルドにアーロンがうなずく。この恐慌状態にあってなお、二人の声は意外なほど冷静だった。ハロルドはアーロンに目配せすると、生徒たちから隠れるようにさっと木の陰に入った。かろうじて見えた彼の両手のひらには、小さな魔方陣がいくつも現れては消えていた。遅れて木の陰に隠れたアーロンは上着のポケットから紙束を取り出している。広げた紙束に緻密《ちみつ》な魔方陣が描かれていた。

「実に残念です。せっかくちまちま内職してここまで増やしたのに、また最初からやり直しだなんて」

風にのってアーロンの愚痴が聞こえてくる。彼はそのまま体をかがめ、息絶えた魔物の中に手を突っ込んで体液まみれの石を——魔石を取り出し、なんの躊躇いもなく口に含んだ。死角にいるせいで、生徒たちは誰一人アーロンの行動に気づかない。けれどアリアからは奇行が丸見えだ。

驚愕するアリアをちらりと見たあと、アーロンは魔石を奥歯で噛み砕いた。

刹那、手から離れた紙が風にのってあたり一面に広がった。紙は地面に触れると同時、いっせいに炎を噴き出すと魔方陣へと変わった。

真紅の魔方陣だ。

「すごい数……」

唖然とするアリアは、頭上にも魔方陣があることに気づく。こちらは光をまとうように金色に発光している。黄金の魔方陣は、地上にある真紅の魔方陣よりさらに緻密でところどころに絵とも文字ともつかない記号が含まれていた。

(下がアーロン様の魔方陣なら、上はハロルド様の魔方陣……？)

地面に描かれた魔方陣から火花が散った。森を焼く炎とは異なり青白い火だった。火は魔物たちを包むなり火柱になり、視界が昼間のように明るくなった。

空中に浮いている魔方陣から放電が起こる。アリアは反射的にぎゅっとディアグレスにしがみついた。

直後、閃光《せんこう》が魔物を打った。

(これが、お二人の力……!!)

並大抵のものではない。生徒は視界を埋める火柱に腰を抜かして座り込み、なんとか魔物を退けた聖騎士が、器用に敵だけを打った稲光を見て血まみれのまま茫然と立ち尽くしている。

ハロルドが建物を指さしてうなずくのを見て、アリアははっとした。

「みなさん、内庭に移動してください！　怪我人最優先でお願いします！」

アリアは懸命に訴える。しかし、恐怖と混乱ですぐに動ける者がいない。焦って振り返るが、次々と魔方陣を繰り出し魔物を倒しているハロルドたちは、アリアに気づかない。

アーロンとハロルドの声がかすかに聞こえてきた。

「ハロルド様、これではすぐに札が尽きます」

「魔力の供給はできてるんだから頑張ってよ。僕のほうが無理だ。魔方陣をこんな乱発したら魔力がもたない……!!」

森の中から魔物が際限なく現れ、二人の攻撃が間に合わないのだ。魔物を一瞥《いちべつ》し、ふっとアーロンが目を伏せる。

「作戦を変えます。ゴーレムを作るので援護を」

「ゴーレム?」

「偉大な土塊《つちくれ》です」

アーロンは親指を噛み、ポケットから取り出した紙に血文字を書き加えた。倒したばかりの魔物の体から魔石をつかみ出すと、再び口の中に放り込んで噛み砕く。

アーロンは血文字を書き加えた紙を地面に押しつけた。

魔物が一体、アーロンを止めるかのように躍りかかった。

「アーロン様!」

アリアの悲鳴と魔方陣が閃光を放ったのはほぼ同時——雷に打たれ魔物がよろよろと倒れ込んだ直後、アーロンが押さえつけていた紙が盛り上がった。正確には、紙の下にある土が不自然に隆起したのだ。

アーロンは素早く立ち上がって後退する。

土の塊は木々を巻き込み瞬く間に巨大な人形に姿を変え、大きく足を上げるなり近くにいる魔物を踏み潰した。

「なるほど、それならいちいち魔方陣を作らなくていい」

ハロルドはうなずき、新たな魔方陣を描く。アリアには理解できないが、どうやらそれは、今まで描いてきたものとは異なる魔方陣であるらしい。

手のひらの上で描かれた魔方陣が消えた瞬間、頭上に巨大な魔方陣が現れた。それは森を焼く炎を吸い上げ、鳥を吐き出した。全部で五羽いる。炎をまとう鳥たちは、いっせいに四方に飛んでいった。

「これだから神童は」

チッとアーロンが舌打ちした。

「土塊じゃ移動に時間がかかるじゃないか。機動力を考えたら鳥だよ」

「だからって炎を集めて鳥を作るなんて」

「ゴーレムも作っておこう」

「これだから神童は！」

アリアはぽかんと空を見る。木々の陰に隠れながら移動するアーロンが、溜息交じりに説明してくれた。

「ハロルド様は頭の中で魔方陣を構築し、それを実体化できるんですよ。魔方陣を描かなくても魔法が使えるんです。異常なんです」

「魔石を直接摂取できる人間に言われたくない。それはもう、魔物と大差ないじゃないか」

「うちの家系は丈夫な胃袋を持ってるんです」

殺したばかりの魔物から魔石を取り出したアーロンが、口に放り込みながらハロルドに反論する。しかし、戦術を変えても魔物が多すぎる。そのうえ、外では分《ぶ》が悪いと判断した魔物たちが、ハロルドたちの攻撃から逃《のが》れるようにまっすぐ建物に向かいはじめていた。

頭上でざあっと音がした。大樹が揺れている。

ぞっとした。

このままでは本当に大樹が倒れる。世界が終わってしまう。

「聖女は……」

今、この状況を変えることができるのは、聖域を作り出せる聖女だけ。

アリアはとっさに辺りを見回し、ぐったりと地面に横たわる聖女を見つけた。白い装束が赤く染まり、深手を負っていることが遠目からもわかった。聖女はもう一人いるはずだが、そちらは姿が見えない。怪我を負って動けないのか、あるいは生徒の治療のため別の場所にとどまっているのだろう。

このままでは、いずれすべてが魔物に呑み込まれてしまう。大樹は失われ、ここに保管されている多くの魔石も奪われて、取り返しがつかないことになる。

「——力を望むか？」

ふと聞こえてきた闇色の声にアリアは視線を上げた。

生徒たちに襲いかかる魔物たちは、ディアグレスだけを避けている。その様子からも、彼の存在が異質だと伝わってくる。事実、ディアグレスは死を司る神だ。彼が持つのは、不吉な未来をたぐりよせる負の力だろう。彼の力を望めば今以上に恐れられ避けられることになるに違いない。

(なにを恐れているの？　この学園に来られたこと自体が幸運だったっていうのに、ただそれを手放すだけなのに——)

すべてを手放す覚悟はできていたはずだ。

アリアはまっすぐディアグレスを見つめた。

「力を貸してください。わたしに、みんなを助ける力をお与えください」

神々にはそれぞれ加護の力がある。死を司る神の加護を受ければ、アリア自身が不吉の象徴となるかもしれない。

それでも。

「ディアグレス様」

「だめだよ、姉さま。神の力を欲すれば、神と契約しなきゃいけない。寵愛《ちょうあい》は、きっと、姉さまが思っているようなものじゃない」

魔力の消費が激しいのだろう。ハロルドが苦痛に歪んだ顔でなおも魔方陣を繰り出しながらアリアを制した。

「あれは、命を蝕《むしば》む楔《くさび》だ」

「でも」

「年老いた聖女なんて見たことないでしょ。例外なく若くして死んでるんだよ」

苦々しく告げるハロルドに、アリアはぎくりとした。

アリアが今まで聞いてきたのは、聖女の華々しい功績ばかりだった。民を守り、国を繁栄させた彼女たちがその後どうなったか、誰も語ろうとしなかった。

けれど、今はこれ以外に方法がない。

「ディアグレス様」

意を決し呼びかけるアリアに応えるように白い指先が仮面にかかる。

「ディアグレス様、姉さまを巻き込んだら許さないから！」

怒鳴るハロルドに、ディアグレスの口元がゆるんだ。今まで一度もはずされたことのない鳥を思わせる異形の仮面が、ゆっくりと彼の顔からはずされていく。

「彼女が望んだ。それがすべてだ」

ささやくと同時、鳥面がガラスの欠片《かけら》のようにキラキラと消えていく。

その輝きに目を奪われたアリアは、光の下にある白い肌に息を呑んだ。新雪のように美しい肌に黒髪がさらりと流れる。伏せられた長いまつげがゆっくりと開いていく。

闇よりなお深い、吸い込まれるような蠱惑《こわく》的な漆黒の瞳《ひとみ》、高い鼻梁《びりょう》、きつく引き結ばれた唇――それらが完璧《かんぺき》な形で配された顔。言葉を失うほど整った顔立ちだ。

美形というレベルではない。まさに人外だ。神々は皆整った容姿をしていると思っていたが、彼のそれは他の神々をはるかに凌駕《りょうが》していた。

美しさだけを寄せ集めた顔。それが、まっすぐアリアを見つめてくる。

「想像以上の美形ですね。あれは隠しておかないと、世界が滅びますよ」

呆気《あっけ》にとられるハロルドとは違い、アーロンがさっと顔をそむけている。

アリアは瞬きすることも忘れ、ただその美しさに見惚《みほ》れていた。

「わが名はディアグレス。死を司る神」

声が甘い。ささやく声がとろけそうだ。そう感じた直後、ディアグレスがゆっくりと顔を伏せてきて、アリアは反射的に目を閉じていた。柔らかな髪がアリアの頬をくすぐり、心臓がバクバクと乱れはじめる。

ディアグレスの息が額に触れた。

「わが最愛を、アリア・アメリアに」

思わず身をすくめるアリアの額に、柔らかく唇が押しつけられた。耳まで赤くしたアリアは、なにかあたたかいものに包まれるような感覚にそっと目を開ける。

見おろしてくるディアグレスの眼差しは、恐れられる神とは思えないほど優しげで慈悲深い。

アリアが三度瞬きをすると、ディアグレスは慎重に彼女を下ろした。

ディアグレスが腕を持ち上げると、手のひらに闇が集まり一振りの剣に変わった。傍観者だった神が〝敵〟に変わったとたん、近くにいた魔物が奇声をあげながら襲いかかってきた。

ディアグレスは漆黒の剣で両断すると学園を見た。

「行け」

美しき神は夜をまとい短く命じる。はっとわれに返ったアリアは、倒れたまま動かない聖女のもとに駆け寄った。

「先生！」

呼びかけるも返事はない。それどころか、うつろな眼差しはアリアをとらえず、その唇はかすかな呼吸を繰り返すばかりだった。アリアはとっさに聖女の首に手を押しあてた。肉がえぐられ、鼓動にあわせ血が流れていた。

聖女はもはや死を待つだけの状態だった。

「誰か、先生を呼んでください！　ほ、他の、聖女は……!!」

アリアは叫ぶが、生徒のほとんどが怪我を負い、中には重篤な者もいて、まともに動ける者のほうが少なかった。聖騎士は割れた額から噴き出す血をぬぐいながら生徒を守るために魔物

と戦い、肩を負傷した神官は、そんな聖騎士が倒されないよう補助に回っている。

ハロルドとアーロンは見るからに限界が近い。

新たに戦いに加わったディアグレスだけが猛然と魔物を斬《き》り伏せている。核の位置は魔物によって違うというのに、まるですべて知っているかのように一撃で倒していくのだ。

(きれい……まるで、踊っているみたい)

美しく、苛烈《かれつ》に、彼の剣舞は敵を屠《ほふ》っていく。死を司る神の名にふさわしく、彼の周りに死が折り重なっていく。それなのに、不思議なほど清廉《せいれん》さが損なわれないのだ。

だが、そんな彼であっても、いずれは押し寄せる魔物に対処できなくなるだろう。

聖域を再構築させる聖女の力が必要だ。それなのに、唯一頼れる聖女は死の淵《ふち》に立っている。

「誰か……っ」

絶望に声を震わせたとき、瀕死《ひんし》の重傷を負った聖女がゆっくりと起き上がった。

「せ、先生、横になってください！　起き上がっては……」

そこまで言って、アリアは目を瞬いた。肉をえぐるほどの怪我がすっかり治っていたのだ。

血の跡はあっても傷痕《きずあと》一つない。

「なにが起こったのですか？　わたくしは魔物に襲われ怪我を負ったはずです」

聖女自身も現状を把握し切れていないようだ。首をさすり、茫然としている。だが、すぐにわれに返り立ち上がった。

「聖域を再構築します！　もう少しの辛抱です!!　ローウェン、生徒を頼みます！」

聖女は聖騎士に声をかけ、校舎へと駆けていく。普段のしとやかな姿とは違い、スカートの裾《すそ》を乱すほどのなりふり構わぬ激走だ。

「承知した」

ぐっと聖騎士が腰を落とし、熊《くま》に似たひときわ大きな魔物と対峙《たいじ》する。

アリアは近くに倒れている生徒を手当てするため移動した。こちらも傷が深い。鋭い爪でえぐられた腹の傷と、肉を食いちぎられたのだろう肩の傷が痛々しい。足があらぬ方向に曲がり、息をするのもやっとという状態だった。

「頑張ってください。もう少しで、もう少しで……」

聖域が元通りになっても治療が間に合うかはわからない。治療が間に合っても助かるかわからない。あまりにも深い傷に涙をこぼしながら、アリアは震える手で傷口をぐっと押さえる。

せめて止血を――そう思って服で包帯を作ろうと手を離し、思わず声をあげた。

先刻まであった肩の傷が消えていたのだ。

アリアは思わず血まみれの手を見おろした。

(なにが起こってるの？　どうして傷が治って……)

反射的にディアグレスを振り返る。聖騎士に手を貸し、巨大な魔物を倒したところだった。

聖騎士がディアグレスに謝意を伝えるが、彼はなんでもないことのように次の獲物に向かって剣を振り上げていた。

アリアは、ディアグレスの唇が触れた額をそっと押さえた。

「聖女は神の寵愛を受け、その力を行使する」

けれどディアグレスは死を司る神だ。命を奪うことはあっても傷を癒やす力などないはずだった。仮にこれがディアグレスの寵愛によって使えているのなら、ハロルドが心配するようにアリアの体を蝕む類《たぐい》のものかもしれない。

(もしそうだとしても、迷っている場合じゃないわ)

アリアは横たわる生徒の傷口に触れる。手のひらが少し熱くなるのを感じた。

手を離すと、傷口はきれいにふさがっていた。

アリアはほっと息をつき、近くで座り込んでいる男子に駆け寄った。

「な、なんだよ、お前」

アリアを見て生徒が怯える。どうやら腰のあたりを魔物に噛まれているらしい。

「じっとしていてください」

アリアはそう言うなり逃げようともがく男子の腰に手をあて、ぐっと力を込めた。

「やめろ！　呪われて死ぬのはいやだ！　離せ！　この……っ」

アリアを蹴《け》り飛ばしたあと、男子は「え？」と動きを止めた。弾みで転がったアリアと自分の腰を交互に見て、恐る恐る腰に触れた。

「痛みがない……？」

その声にほっとして、アリアはすぐに立ち上がった。

「ま、待て！　お前、今なにを……!?」

答える時間も惜しく、痛みにうめく生徒たちに次々と触れていく。はじめは怖がって取り乱していた生徒たちも、アリアが触れることで傷が治るのだと気づくと静かになった。

「ご、ごめんなさい、いやな態度ばっかりとってたのに」

治療の際、涙ぐみながら謝罪してくる生徒もいた。

傷つかないといえば嘘《うそ》になる。しかし、男爵家での扱いを思うと、彼らの態度は致し方ないと感じてしまうのだ。

微笑んで立ち上がったとき、視界がぐらりと揺れた。全身から力が抜けていくような感覚だった。なんとか踏みとどまるも、足に力が入らない。気を抜くと意識が遠のきそうになる。

怪我を負った生徒を探して辺りを見回すと、

「危ない！」

誰かがそう叫んだ。振り向くと、ボロボロに傷ついた黒い翼を持った少女が躍りかかってくるところだった。獣のように縦に裂けた瞳孔、耳まで裂けた口に鋭い牙――もはや以前の愛らしい姿など想像もつかない異形の魔物は、シーザーと戦っているはずのドロシー・チェンバーの成れの果てだった。

「お前！　探したわよ！　こんなところにいたの⁉」

服も翼も髪もところどころ焼けている。皮膚にも水ぶくれがあった。獣の毛がびっしりと生えている腕からおびただしい血が流れていた。

（シーザーは？　ま……負けたの……⁉）

満身創痍《そうい》で襲いかかってくるレッドベリルに、アリアは青ざめて後ずさった。

「きゃあ！　なにあれ⁉　ドロシー⁉」

「危ない！　逃げろ‼」

声が交錯する。かつての仲間だった少女の無残な姿に誰もが混乱する。

「アタシはここで終わったりしない。大樹を倒して世界を変えるの。次代を作るのはレッドベリル様よ！」

獣化した腕には長く鋭いかぎ爪があり、容赦なくアリアに向かって振り下ろされる。

『これは俺の獲物だと何度言ったら覚えるんだ』

獣の唸り声とともにシーザーの声がした。すさまじい速度で森から飛び出した黒い獣が、レッドベリルの腕に噛みつくなり横に吹き飛ばした。「ぎゃっ」と声をあげ、レッドベリルが草の上を転がった。

反射的に体をこわばらせたアリアの前に、黒い狼《おおかみ》が軽やかに着地した。金の目でアリアを見てからレッドベリルへと向き直った。

「黒狼《こくろう》だ！　魔物の上位種だ!!」

再び恐慌状態になる生徒とは逆に、アリアは胸を撫で下ろしていた。

「無事だったんですね、シーザー」

姿は違うがたしかに彼だ。幸いひどい怪我は負っていないようだ。

『寄生型など上位種になろうと雑魚《ざこ》は雑魚だ。お前を乗っ取れば俺に勝てると考えるだけ利口かもしれんが』

ふんっとシーザーが鼻を鳴らす。

「彼女を助けられませんか」

『無理だ。いろいろ混じりすぎて崩壊しかけている』

レッドベリルが近くにいる魔物を捕食すると、肋骨《ろっこつ》が胸を突き破って硬化をはじめた。異形と化し、なおも変容する少女は、冷静さを失い周りにいる魔物を手当たり次第に襲いだした。

ドロシー・チェンバーである部分が、一体どのくらい残っているのだろうか。

『ひと思いに殺してやったほうが親切だ』

無残な姿をさらす少女を見てきっぱり告げたシーザーは、威嚇《いかく》のためか喉を低く鳴らして身構えた。

（シーザーでは無理……なら、ディアグレス様は？）

ディアグレスの姿を捜すアリアは、レッドベリルめがけて漆黒の剣を振り下ろす彼を見て悲鳴をあげた。

「だめです、ディアグレス様！」

一瞬、剣先がわずかに止まった――ように、見えた。だが、剣はそのまま、痛みにのたうち回る魔物を夢中で食らっているレッドベリルの体を貫いていた。

おのれの胸から突き出した剣先を、レッドベリルが不思議そうに見つめている。ごぼりと音をたて、口から血があふれ出した。

「……痛い」

その声は、たしかにドロシーのものだった。

核を破壊されたのか、あるいは心臓が貫かれたのか、剣が抜かれると、彼女の体は糸の切れた人形のようにその場に倒れ込んだ。

「ドロシーさん！」

アリアは青ざめ悲鳴をあげる。目の前がぐらぐらと揺れるのをこらえ、無数に転がる魔物の死骸《しがい》をよけながら彼女のもとにたどり着くと、その体を抱き起こした。

息をしていない。

「だ……大丈夫です。きっと、助かります」

声をかけながらドロシーの胸に手をあてる。けれど、反応がない。どんなに強く押さえても傷がふさがらない。

「この娘は、お前を疎《うと》ましく思っていた」

　淡々とディアグレスが告げる。助ける価値などないと言いたげな口調だった。アリアも、なぜ自分がここまで必死になるのかわからなかった。目の前に苦しんでいる人がいる。だから放ってはおけない、そんな単純な感情から動いているような気さえした。

「痛いと言っていたんです。ドロシーさんの声で、そう言っていたんです」

　そう訴えたアリアは、ディアグレスが絶句するように口を閉じたことにも気づかずに、ドロシーの胸を強く押さえ続けていた。

(どうしよう、傷がふさがらない。魔石を食べさせたら息を吹き返すのかしら)

だが、そうして意識を取り戻した者は、もうドロシーとは言えないだろう。倒れる直前、わずかに戻った彼女の意識すら魔物に支配されてしまう。

　あきらめるしかないのか。

　血がにじむほど唇を噛みしめたアリアは、おおいかぶさるようにしゃがみ込んできたディアグレスに顔を上げた。

「お前は、変わらないのだな」

　ぽつんと声がして、ディアグレスの大きな手がアリアの手に重ねられた。刹那、互いの指先が溶けていくような奇妙な感覚に襲われた。手が熱い。指先から火が噴き出しそうだ。苦痛に奥歯を噛みしめるアリアの耳に、不可解な音が聞こえてきた。

ミシミシと枝が折れるような音だった。

ドロシーの頭が奇妙に膨らみ、分離していく。続いて骨のようなものがボコボコと音をたてながらドロシーの体から離れていく。骨には二枚の翼がついていて、そこから先の骨は不自然に細く短くなった。

『驚いた。寄生型がこんなふうに剥《は》がされるのをはじめて見た』

ドロシーであった部分と魔物であった部分が完全に分かれると、黒狼の姿のままシーザーが近寄ってきて、逃げるようにもぞもぞ動く骨のにおいを嗅いでから容赦なく前脚で踏み砕いた。

骨から聞こえた断末魔の叫びにアリアは体をこわばらせた。

ドロシー・チェンバーは横たわったまま動かない。裂けた唇は完全にはもとに戻っていないし、体中にある火傷《やけど》の跡もそのままだ。

けれどたしかに鼓動が感じられる。

さっきまでは完全に止まっていた心臓が動き出したのだ。

安堵にへたり込むアリアを、ディアグレスが後ろからそっと支えた。

「無理をさせた」

「大丈夫です」

そう答えたとき、なぜだか彼の眼差しがとても懐かしく感じた。

(どこで見たのかしら？　すごく、すごく昔に……どこかで、この瞳を見たような)

柔らかな眼差しが心地よくて微笑むと、彼も優しく微笑み返してくれた。

(不思議。なんて……愛《いと》おしげに……)

意識がぼうっとしてくる。

『おい、それは俺の獲物だ。離せ』

シーザーがディアグレスを威嚇し、ディアグレスがぎゅっとアリアを抱きしめてから「ふん」っと鼻を鳴らす。その直後、あたりを満たしていた血臭が一瞬で消え去った。

空気の流れが変わる。

「聖域が、戻った……?」

魔物たちがバタバタと倒れていくのが視界の端に映った。そのまま息絶える魔物が大半で、残った魔物も明らかに動きが鈍くなった。

わあっと生徒たちが歓喜の声をあげる。

肩で息をしていた聖騎士が、汗をぬぐって剣を持ち直している。

ハロルドが魔方陣で生み出した炎の鳥が魔物を焼いて消え、他の鳥も明らかに小さくなっている。限界が近いのが見るからにわかった。アーロンも札が尽きたらしく、木々に隠れつつ死んだ魔物から魔石を回収していた。

森はまだ燃えている。だが、すぐに消し止められるだろう。

ほっと息をついた瞬間、アリアの意識が遠のいた。

第四章　語られることのない神話

1

むかしむかし、あるところに一人の神様がおりました。

光も影もない〝無〟すら存在しない世界を眺め、はじまりの神様は思います。

なんと寂しいところだろうか。

はじまりの神様は世界を創ることを思い立ち、伴侶《はんりょ》となる女神を生み出しました。そして二人のあいだに三人の神様が生まれました。豊かな実りを約束する大地を司る神、生きとし生けるものを育む水を司る神、世界を穏やかに包む大気を司る神の三人です。

そして、四人目の神様が宿ります。

けれどどうしたことでしょう。四人目の神様はなかなか生まれず、女神の腹を引き裂こうと暴れ出したのです。

血と肉が飛び散り、女神はもがき苦しみます。

その血と肉からさまざまな生き物が生まれました。植物や虫、鳥、魚、動物、人間、ありとあらゆる目に見えない小さな命までもが芽吹いたのです。

四人目の神様が出てきたとき、女神は壮絶な苦しみの末、息絶えました。

女神を殺した四人目の神様は、すべての生き物に〝寿命〟という呪《のろ》いを与えてしまったのです。

はじまりの神様は怒り狂い、四人目の神様から肉体を奪ってしまいました。目を奪い、耳を奪い、意識を奪い、空に放り出してしまったのです。

そして、千年がたちました。

「聖女が必要になった」

はじまりの神様はそう言って、四人目の神を大気の中から引っぱり出し、今度は地上に放り出してしまったのです。

2

雨が降っていた。視界を奪うほどの豪雨だった。

しかし彼はそれがなにかわからなかった。光神によって地上に放り出された彼は、そのとき千年ぶりに〝世界〟というものを目の当たりにしたのだ。

全身にぶつかってくるものが雨粒とも知らず、彼はあたりをうろついた。どこに行けばいいのか、なにをすればいいのかもわからなかった。しばらく森をさまよっていると、丸い体に大きな腕とすっかり退化した小さな足をつけた一つ目の生き物が現れた。彼は自分に〝体〟がないことに気づき、その生き物を参考に自分の形を作った。

体を作り終えたあと雨の中をさまよい歩いていると、きれいな空気に包まれた場所にたどり着いた。聖域である。だが、彼はそれが聖域であることもわからない。白い建物とたくさんの子どもたち、そして、天を貫く巨大な樹――彼はふらふらと歩き回り、古びた石の建物へと迷い込む。少しだけ雨宿りをして冷たくなった体をあたためるつもりだった。

そんな彼を通りかかった少年たちが見つけ、悲鳴をあげた。

「魔物がいる！　学園に魔物が入り込んだ!!」

すごい騒ぎになった。彼の姿は生徒たちにとってあまりにもおぞましく、排除しようと決死の覚悟で襲いかかってきた。

「魔物は聖域に入れないはずなのに……」

「あそこは死を司る神の御所《ごしょ》だろ。きっと空気がよどんでいるんだ。近づいたら呪われる」

「気持ち悪い鳴き声。どうにかなりそうだわ」

「目を見ちゃだめ！　倒れた子がいるの！　命を奪われるんだわ！」

白い服を着た子どもたちは異常事態にすっかり怯《おび》え泣き叫んだ。驚いた彼は聖域から飛び出し、再びあたりをさまよいはじめた。白い服を着た大人《おとな》たちは彼を繰り返し襲い、それ以外の大人たちは彼を見るなり悲鳴をあげて走り去った。だから彼はずっと独りぼっちだった。大気に溶けていた頃《ころ》は知らなかった感情が、彼の心をゆっくりと蝕《むしば》んでいった。

——寂しい。

ずっとずっと独りぼっち。心も体もすり減って、彼は森の中でうずくまった。

どうしていいのかわからない。どこに行っていいのかもわからない。

寂しい。

「まあ、大変！　犬がいるわ！　……犬？　犬かしら？」

なにかが近づいてきて、そっと彼に触れた。

「元気がないわ。どこか痛いの？　そうだ、パンがあるわ。食べられる？」

あたたかい手が彼の顔に香ばしいものを押しつけてきた。そこに口があることも知らなかった彼だったが、咀嚼《そしゃく》し飲み込むと、体の奥からあたたかくなっていくのを感じた。

その時彼が与えられたのは、食べ物であり、はじめての〝情〟だった。

白金の髪にスミレ色の瞳《ひとみ》を持った少女は、上着を脱いで彼を包むとよろよろと歩き出し、小さな洞窟《どうくつ》で彼を下ろした。雨が降り込まない空間は御所に似て恐ろしかったが、少女は白い服を着た子どもたちのように彼を恐れたり、ましてや彼を害したりもせず、せっせと食べ物を運んでくれた。だから、すぐにそこはどこよりも快適な寝床になった。

本来なら食事を必要としない体である。しかし彼はおとなしく少女が運んでくれたパンを食べた。そうすると少女が喜んでくれたからだ。小さくあたたかい手で触れられるのが心地よいことに気がついた。抱きしめられると心がふわふわした。寂しいと感じるたび、彼女は小さな手で彼の頭を何度も何度も繰り返し撫《な》でてくれた。

「今日《きょう》は魚を手に入れたの！　すごいでしょ！」

得意げな少女はとても愛らしかった。が、彼はそうした感情に疎《うと》く、喜ぶ彼女を見てもどかしくそわそわとするだけだった。

「見て、花を摘んできたの」

森に咲く白い花を両手いっぱいにかかえてやってきた少女は、一輪を彼に与え、クンクンにおいを嗅《か》ぐ姿に笑いながら器用に花冠《はなかんむり》を作ってくれた。それを彼の不格好な頭にのせ、とびきりの笑顔を浮かべた。

世界が色鮮やかに輝き出す。彼女がいてくれればなにもいらないと思えるほど、そうした何気ない日々は彼にとって宝物だった。

「アリアお嬢様！　どこにいらっしゃるんですか！　お嬢様!!」

ある日、そう呼ぶ声が森に響いた。

「大変だわ、ミーナが呼びに来たみたい」

少女は声をあげ、彼から離れると走り去ってしまった。もっといっしょにいたかった彼は、慌てて彼女の背を追って洞窟から出た。

「お嬢様、勝手に森に入ってはいけません。このあたりは魔物が少ないとはいえ、もしものことがあれば旦那《だんな》様になんと言われるか……」

少女に駆け寄った女が心配そうに怪我《けが》の有無を確認する横で、豊かな口髭《くちひげ》の男が険しい表情で少女に声をかける。なぜ口髭の男が怒っているのかわからない彼は、木の陰からそっと出て少女に近づいた。

刹那《せつな》。

「魔物だ！　ミーナ、お嬢様を安全な場所に！」

口髭の男が声を荒らげ、彼はびっくりして踵《きびす》を返した。

魔物。この姿が、魔物。洞窟に逃げ帰り、彼は体をまさぐった。顔、腕、足――たしかに少女とは違う形だ。襲われたり怖がられたりする理由を、彼はようやく理解した。

この姿でいるのはだめだ。では、別の姿にならなくては。

人の形。できれば、少女と同じような形がいい。

〝自分〟をかき集め、彼は新しい形を作る。他《ほか》の誰《だれ》でもない彼自身の姿を。小さな手に細い腕、両足。体の芯《しん》に硬いものを入れないと動けないと気づき骨を作った。骨と骨を繋《つな》ぎ合わせて動かすために筋肉も追加した。顔も必要だ。両の目、鼻、口、あとは髪の毛。

少女を模したつもりだったけれど、違う形になってしまった。黒髪の少年だ。黒い瞳に白い肌、世間一般で言うところの〝美少年〟であったが、彼は心底がっかりした。

それが本来の彼の形であったため、何度作り直しても同じ形になってしまう。その事実に彼は落胆した。だが同時に、これでもう怖い大人たちに襲われないとほっとした。ほっとしてから、少女を探して歩き回った。

そして知ったのだ。少女の家はなかなか立派な屋敷で、彼女は四番目の娘だということを。耳をそばだてなくても聞こえてくる人々の会話から、彼は彼女の立場をなんとなく理解していった。

今年で十歳、名前はアリア・アメリア。

父はヴィスター・アメリア。男爵という爵位を持ち、比較的裕福な暮らしをしている。妻とのあいだに娘が三人、息子が一人いる。

「イレーネお嬢様も今年で十七か……ご結婚は来年だったな。誕生会にはノスト準子爵もいらっしゃるから手を抜くなよ。お出しする料理はもう決まってるのか？」

「まだなのよ。小羊の料理がお好きだって聞いてメニューを考えてるんだけど、奥様が迷ってらっしゃるみたいで」

イレーネは男爵家の長女だ。黒髪に黒い瞳、そばかすの目立つ白い肌、いつも陰鬱《いんうつ》な表情で刺繍《ししゅう》をしている娘だった。

「コネットお嬢様の婚約者もお呼びするって話じゃなかった？」

別の使用人が尋ねる。コネットは男爵家の次女で、毎日毎日くせっ毛を気にしていて、髪型が気に入らないと朝から晩まで不機嫌になる神経質な娘だ。

「コネットお嬢様だけじゃないのよ。ヴィヴィアンお嬢様の婚約者も呼ぶようにって旦那様が……だから奥様が料理と飾り付けに頭を痛めてるのよ」

ヴィヴィアンは三女である。黒髪に黒い瞳は長女と同じで、そばかすはないものの細く吊《つ》り上がった目と薄い唇がどことなく貧相な印象を与える。

「ヘリオットお坊ちゃまのお披露目もしたいそうよ。ほら、今年で九歳でしょう？　帝都の学校に入れたいって旦那様が……」

ヘリオットは末子だが〝長男〟であり男爵家の跡取りでもあった。姉たちと同じ、黒い髪に黒い瞳、そばかすだらけの白い肌、吊り目でいつも口をきつく引き結んだ不機嫌な少年だ。

「大丈夫なのかしら、学校って全寮制でしょう？」

休憩時間とあって、調理場に集まった使用人たちはカップを手に雑談を続けていく。

「そういえば、アリアお嬢様は？　まだ婚約者が決まってないんですよね？」

「求婚状だけは多いんだけどねえ」

「すっごくかわいいですよね！　お人形さんみたいだってずっと思ってたんです。白金《プラチナブロンド》の髪に白い肌、ぱっちりしたスミレ色の瞳って、他のお嬢様と全然違って――」

「やめなさい、ミーナ！」

ミーナと呼ばれる若い使用人は勤めだして間もないらしい。年配の使用人が鋭く制すと、他の使用人たちは溜息《ためいき》とともに顔を見合わせた。

「他のお嬢様の前で言っちゃだめよ。奥様の前でも、旦那様の前でも、お坊ちゃまの前でも、絶対に言っちゃだめよ」

「どうしてですか？」

「――アリアお嬢様は、奥様が産んだ子どもじゃないの。なかなか跡取りが授からなくて、ヴィヴィアンお嬢様が生まれたあと、旦那様がよそで生ませたのがアリアお嬢様よ」

「え……で、でも、それって」

「男の子を期待したんだけど、生まれたのが女の子だったの。運悪く……というか、運よくというか、アリアお嬢様が生まれた直後奥様の懐妊がわかって、お生まれになったのがヘリオット坊ちゃまだったのよ。アリアお嬢様を産んだ女は金だけ持って逃げちゃうし、放っておくわけにもいかないから旦那様が仕方なく引き取ったの。だから、ここで長く勤めたいならアリアお嬢様に関してはあまり話題にしないほうがいいわ。わかった？」

「わ、わかりました」

こくりと若い使用人がうなずいた。続けて「でも、だから一人だけ美少女なんですね」とあけすけに納得し、年配の使用人に叱《しか》られて首をすくめる。

複雑な家系なのだ。男爵家の使用人たちは多かれ少なかれそう考えていた。

アリアに優しくすれば、彼女の姉や男爵夫人から目をつけられる。だから誰もアリアにかかわりすぎないよう、男爵が納得する最低限の世話だけをしていた。

さまざまな問題を孕《はら》みつつも穏やかな日々だった。はじめてゆっくりと観察する〝人間〟の生活が物珍しくて、彼は屋敷の周りに生い茂る木々に隠れその生活を眺めていた。

そんなある日、毎朝なかなか起きられないアリアが、珍しく侍女が来る前に起きた。

「ミーナ、聞いて！　今朝《けさ》は鳥が窓《まど》を叩いてわたしを起こしてくれたの！」

若い使用人は、アリアの言葉に目を伏せた。

「おはようございます、アリアお嬢様。よかったですね」

「きれいな翼のとっても大きな鳥で……」

アリアは身振り手振りで説明する。アリアは鳥が好きらしい。彼は自分の顔をペタペタと触れる。顔を鳥の形にしたらアリアが気に入ってくれるかもしれない。

「午前中は刺繍の先生がいらっしゃいます。午後は詩の朗読にニコル男爵夫人がいらっしゃるそうです。アリアお嬢様は、もう字を学ばれたんですよね」

「うん。算術もできるの！」

侍女に手伝ってもらいながら着替えをすませ、広間に向かう。家族ととる食事は重苦しい空気のなか緊張をともなうものでけっして楽しくはないはずなのに、アリアはその時間をとても心待ちにしていた。

「アリア、なんですそのスプーンの持ち方は」

継母はことあるごとに叱責《しっせき》した。手首が少し下がっている気もしたが、それなら末子のほうがよほど下がっていたし、好き嫌いの激しい次女はいつだって皿を存分に汚していた。

愛するわが子と、ひとときではあるが愛人として夫を独占していた女が産んだ子――それが継母の態度に表れていたのだが、そもそも感情の機微が理解できない彼は、理不尽に叱られるアリアを不憫《ふびん》に思い、叱る継母に憤慨しながら眺めるだけだった。

「聞いて、ミーナ。今日はお父さまがたくさんおしゃべりをしていたの！」

アリアは食事中に父親の声が聞けたことが嬉《うれ》しくて、侍女にそう伝えた。アリアの世界は色鮮やかで、なにもかもが輝いているようだった。ささいなことで幸せを感じるアリアに、侍女は複雑な表情をしていた。

「刺繍は難しいわ。でも、お人形の服を刺繍でかわいくしたいの。これなら頑張れそう」

アリアは姉が捨てた人形を拾って大切に持っていた。

「ミーナ、森に行って犬にパンをあげてほしいの。きっとお腹《なか》をすかせて待っているわ」

鳥が好きなアリアは、自分のパンをこっそり小鳥にあげていた。彼に与えたパンも、小鳥にあげるつもりのものだったのだ。使用人はアリアの言葉に「かしこまりました」と返すだけで、一度も森にやってくることはなかった。

「行儀が悪いってお母さまに注意されたの」

理不尽な継母からのいやがらせは日常だった。ぐっと涙をこらえ、真っ赤《まか》に腫れた手をそっとさするのも日常だった。

「わたしのお母さまは、いつわたしを迎えに来てくれるのかしら」

捨てられたことも知らず、アリアは生みの親が会いに来てくれるのを待っていた。

健気《けなげ》で愛らしく、けれど誰からも受け入れられず、避けられ続けた少女。

それが、アリア・アメリア。

運命の歯車は、ある日あっさり外れてしまった。否、狂ってしまった、という表現のほうが正しかったのかもしれない。

ぎりぎりのところで保たれていた平穏——それが壊れるのは一瞬だった。


長女の誕生パーティーの日が訪れた。

「旦那様が急にアリアお嬢様の誕生パーティーもするって言い出したんです」

侍女は大慌てでアリアに説明し、パーティードレスを広げた。

「イレーネお嬢様が以前着ていたドレスをお借りしました。腰に大きなリボンをつけて、両肩は少し細めのリボンで飾って、髪は両側で結びましょうか。ええっと、靴は以前買っていただいたものがあるから、お化粧は……」

「……わたしの誕生日も、祝ってもらえるの？」

「はい。もともとイレーネお嬢様とお誕生日が三日しか違いませんし、アリアお嬢様も十歳にならられるので、お披露目ということで旦那様が急遽《きゅうきょ》決定したみたいです」

「わたしの誕生日……!!」

ぱあっとアリアが目を輝かせる。姉弟たちは毎年パーティーを開くが、アリアだけはプレゼントも祝いの言葉もなかったのだと、彼は使用人たちの会話から知っていた。だから、アリアの喜ぶ様子を見ているだけで自分のことのように胸が躍った。

ふっくらと血色のいい唇、大きなスミレ色の瞳、輝きを放つ神秘的な白金の髪――体に合わないお古のドレスすら美しく着こなすアリアは、人々の視線を奪うほど神々しかった。

誕生日パーティーの主役は長女であるイレーネだが、アリアが現れた瞬間、客人たちはアリアに夢中になった。それが彼には少し腹立たしかった。不機嫌な姉たち、不快感に顔を引きつらせる継母、無責任に無視する父親、われ関せずを貫く弟――そのすべてに苛立《いらだ》ったが、アリアが喜んでいるならそれでいいと、そう思い直した。

イレーネと一曲踊った彼女の婚約者は、次にアリアをダンスに誘った。

「ぜひ一曲、愛らしいあなたと踊れる栄誉を僕にください」

アリアを淑女のように扱い、ダンスが不得意な彼女を優しくリードする。それを見て、彼は不愉快になった。アリアが楽しんでいるのになぜか楽しくない。早く離れろと、心の中で念じてさえいた。

曲が終わると、今度は次女の婚約者がアリアにダンスを申し込んだ。それが終わると三女の婚約者が。胸の奥がムカムカして、彼はその場から離れた。目を閉じ耳をふさいでも、知らない男と楽しそうに踊るアリアの姿が思い浮かんで苛々《いらいら》が収まらなかった。

だから、広間から明かりが消えたとき、彼は心底ほっとしたのだ。

もうあの不愉快な光景を目の当たりにしなくてすむ。そう思ってアリアの部屋が見える場所に移動した。部屋の明かりはすでに消えている。緊張と興奮で疲れ切ってしまったに違いない。ベッドで丸くなる少女を思い浮かべ、彼はその場を離れようとした。

そのときである。闇の中になにかが動くのを見たのは。

人のようだ。窓を見上げ、辺りを見回し、屋敷の壁面に手をかける。なにかをさぐるように何度か壁に手を滑らせ、石畳を蹴《け》るなりぐっと腕に力を込めた。かすかに浮いた足を一階の窓枠にかけて、右手を伸ばして壁面の飾りをつかみ、勢いをつけて体を浮かせる。二階にあるアリアの部屋のテラスに左手がかかると、あっさり手すりを越えてしまった。

なにをしているのかよくわからず困惑していると、もう一人、続けて誰かが壁をよじ登ってきた。

「やあ、未来の兄上殿、手を貸してもらえないかな？」

あとから登ってきた男がさきにテラスに立った男に声をかける。テラスにいた男は手を伸ばし、下にいる男を引き上げた。

「――お前もか」

「こうでもしないとアリア嬢とお近づきになれないだろ。そういう兄上殿こそ、なんでこそこそしてるんだ？　いけないなあ。結婚を間近に控えてる身で」

「お前だって人のことが言えるのか？」

「俺《おれ》の狙《ねら》いははじめからアリア嬢だよ。コネットは繋ぎだ。いずれ婚約を解消してアリア嬢に乗り換えるつもりだ。だから今のうちに親しくなりたいんだ。これは下準備さ」

「男爵家の四女とはいえ十五も離れた小娘だ。本気で結婚できると思ってるのか」

「アリア嬢が俺を選べばいいだけの話だろ。どうやら彼女は男爵家であまりいい扱いをされていないらしい。優しくしてやれば簡単に騙《だま》せる。だから兄上殿は遠慮してもらいたい」

幼い少女に懸想《けそう》する男たち――静かに火花を散らす二人に、彼ははじめて強い不快感を覚えた。ふんっと鼻を鳴らした長女の婚約者は、窓の隙間《すきま》に細いなにかを差し込んであっさりと鍵《かぎ》を開け、アリアの部屋に侵入した。次女の婚約者が呆《あき》れ顔でそれに続く。

「アリア嬢、おいしいお菓子をお持ちしました。一緒に食べませんか？」

次女の婚約者が長女の婚約者を押しのけてベッドに近づく。舌なめずりするような声に、彼は不快感で息も吸えなくなった。今まで夜中にアリアの部屋に男が訪れたことなどなかった。下心を隠しもせず声をかけてくる男など一人としていなかった。

怒りで頭が沸騰しそうだった。彼女に害をなす存在を許してはおけなかった。男たちが布団に手をかけるのを見て彼は反射的に右腕を持ち上げ、開いた手をゆっくりと握り込んだ。手のひらに柔らかな熱を感じ、その熱を包むように力を込める。

刹那、長女の婚約者が胸を押さえた。

「が、は……っ」

次女の婚約者が布団から手を離して振り返る。

「そんな小芝居で俺の気を引いたって無駄だって」

苦笑した次女の婚約者は、〝未来の兄上殿〟が床に倒れ込むのを見てぎょっとした。体を丸め苦痛にうめく姿に異変を感じたのか、慌てふためきながら窓へと駆けていく。兄上殿と呼びながら、どうやらあっさり見捨てるつもりらしい。

彼は薄情な〝弟〟を見つめつつ手を開き、もう一度そっと握り込んだ。

窓から逃げようとした男は、胸を押さえ、うめきながらテラスの下へ落ちていった。

しばらくして、見回りの使用人が庭に倒れている次女の婚約者を見つけて騒ぎになった。そんな騒ぎの中、アリアが目を覚ました。そして、ベッドの脇《わき》に長女の婚約者が倒れているのに気づいて悲鳴をあげたことから、騒ぎがますます大きくなった。

診療所に担ぎ込まれた長女の婚約者と次女の婚約者は一命を取り留めた。力加減がわからず、心臓を握り潰《つぶ》すことができなかったのだ。彼は少し残念に思ったが、不愉快な男たちが屋敷から消えたことに満足した。

長女であるイレーネが、診療所から戻ってきた婚約者に詰め寄った。

「アルフレッド、どうしてあなたがアリアの部屋にいたの？」

「リヴァリーもいっしょだったの？　一体なにをしていたの？　まさか二人で……」

次女のコネットも姉の婚約者に厳しい視線を向けた。テラスから落ち、腕と肋骨《ろっこつ》を折った彼女の婚約者はいまだ意識が戻らず、問い詰められなかったからだ。

「ち……違う。違うんだ。俺たちは……アリア嬢に、部屋に来ないかって誘われたんだ。まさかこんなことになるなんて思わなくて」

「誘われたって」

絶句する長女に、長女の婚約者は言葉を濁し「わかるだろ」と言った。

「前から色目を使ってきてたんだ。俺だけじゃなくて、リヴァリーも〝被害者〟だったんだ。まさかあそこにリヴァリーがいるなんて……俺は、止めたのに」

「信じられない！」

「本当なんだ、イレーネ。俺たちはなにもしてない。全部アリア嬢が悪いんだ！」

長女は婚約者の言葉に青ざめ、次女は奇声を発して部屋の隅に飾られていた花を花瓶ごと床に叩き落とした。

「だから言ったじゃない！　あの子は売女《ばいた》の腹から出てきたのよ！　まともなはずがないで

しょ！　あんな歳《とし》で男を誘惑するなんて!!　なんて汚《けが》らわしい！」

「い、言いすぎよ、姉さま」

三女のヴィヴィアンが窘《たしな》める。

けれど翌日、三女の婚約者もアリアの部屋に侵入しようとした。どんな意図かはわからなかったが、憤慨した彼は部屋の前で心臓を握り潰してやった。今度はちゃんと息の根を止めることができ、彼はほっと安堵《あんど》した。アリアが安心して眠れる場所を用意してくれたように、彼も彼女に安心して眠れる場所を用意することができたのだ。

恩返し。そうこれは、彼にとって恩返しだった。

姉妹の婚約者が立て続けに心臓の病で倒れたこと、それもすべてアリアの部屋の周りで起こったため、使用人たちは次第に彼女を恐れるようになった。刺繍針と糸を渡し物置部屋に閉じ込めておくよう男爵が命じても、誰一人反対しなかった。

アリアはドア越しに〝犬〟の世話を頼み続け、口先だけ応じていたミーナは、やがてそれすらやめて無視するようになった。アリアの世界はどんどん色褪《いろあ》せ、小さくしぼんでいった。

彼はときどき洞窟に戻り、彼女が部屋を抜け出し会いに来てくれるのを待つようになった。気づけば彼女が作ってくれた花冠はボロボロになっていた。彼女が来るまでに元通りにしなければと奮起したが、花冠はますます崩れていった。

雨雲が押し寄せてくると、彼はすっかり形をなくした花冠に寄り添い鬱々《うつうつ》と空を見上げた。

「姿がないからどこにいるのかと思ったら、こんな辺鄙《へんぴ》なところで遊んでいたとは」

なぜアリアが会いに来てくれないのか。もどかしく思っていたら、呆れ声が聞こえてきた。すぐにそれが誰の声かわかった。彼を大気から引きずり出した男の声だ。全身に光をまとうのに、どす黒く笑う醜《みにく》い男だ。

「幼子《おさなご》の姿で責務を逃れようとは性根の腐った輩《やから》だ。大神、すぐに学園に——」

「グランデューク、待つんだ」

昏《くら》い光が命じると、かたわらの男は青ざめて口を閉ざした。空気が重い。反射的に持ち上げた手を握ったが、いつものような〝手応え〟がなかった。

「ふ……ふふふ。さすが死を司る神。人の殺し方は教えずとも心得ているわけか。ずいぶんと楽しい暮らしをしているようだね」

悪意に染まる声に、全身から恐怖が冷や汗となって流れ出した。逃げたい。だけど逃げ出したら彼女と会えなくなってしまう。そばにいられなくなってしまう。だからぐっと我慢し、光を睨《にら》みつけた。

すうっと光が目を細めた。殺気などという生やさしいものではない。せっかく作った体がすべてかき消されてしまいそうなほどの憎悪が目の前にあった。

「——埋めてしまえ、グランデューク」

「御意のままに」

かたわらの大男がうなずいた直後、彼は粉々に押し潰され、地中深くに閉じ込められた。出ようともがいたが意識すら細切れで、おのれを保つことさえままならなかった。

アリアがいる。それだけが、失われつつある彼を世界に繋ぎとめるすべてだった。

地上の様子はわからず、どれほど時間が過ぎたのかもさだかではなかったが、ある日あるとき、異変が起こった。

ずっと身近に感じていたアリアの気配が消えたのだ。

彼は自分をかき集めた。地神の力は呪いに近かったが、必死であらがいなんとか地上に這《は》い出て、彼は彼女の気配を懸命に追った。

降りしきる雨の中、ようやく見つけた彼女は以前見たときとは違いずいぶん大きくなっていた。対して彼は再び体を失っていた。慌てて体を作り直したら、無意識に彼女に会わせたのか予想以上に大きくなってしまった。

——怖がらせてしまうかもしれない。

待ちわびた彼女との再会なのに、彼は臆《おく》した。魔物だと思われ、嫌われてしまうかもしれない。そんなときに思い出したのだ。彼女は鳥が好きだったことを。

彼は慌てて鳥の面を作り、彼女を怯えさせないようそおっと姿を現した。

そんな登場の仕方自体が彼女を怯えさせるなんて考えもせず。

もともと彼には会話というものがよくわからない。アリアを心配していても、それを言葉で表すという発想がまるでない。

誰よりも大切に思っているのに、守ろうとしているのに、その感情に気づきもしない。

ハロルドに指摘されて声を発し、言葉を交わすことを覚えた。下女になりたいと語る彼女にショックを受けたりもした。不逞《ふてい》の輩に追われる彼女を助けるために、その心臓を潰そうとしたりもした。もちろん潰さなかった。潰すと死んでしまうと、彼は学習していたからだ。

魔物に懐く彼女に腹を立てたり、頼られることに浮かれたり、落ち込む彼女を心配したり、地上に戻ってからの彼の感情は過去にないほど揺れ動いていた。

そんなとき、聖域が破壊された。

魔物が生徒たちを襲う中、彼女が彼を頼った。力を貸してほしいと頼んできた。信頼を寄せてくれる彼女がただただ愛《いと》おしく、すべてを差し出していいと、そう思った。

だから。

「わが最愛を、アリア・アメリアに」

言葉通り、彼は彼女の魂の中に、おのれを刻み込んだのだ。

3

目を開けると鳥のさえずりが聞こえてきた。

もう使うことはないと思っていた二一号室のベッドに、アリアは寝かされていた。

「よかった。気がついたんですね」

柔らかな声が耳朶《じだ》を打つ。ゆっくりと視線を動かし、ベッドの脇に置かれた椅子《いす》に腰かける女性の姿を認めた。金糸を縫い込んだ白いローブに、彼女が光を司る神ルシエルの聖女であることに気づく。

「わたくしは光の聖女オリヴィエと申します。同士ティアスティーナと同士コンスタンスに代わり、新たにここで教鞭《きょうべん》を執ることになりました」

「そ、そのお二人は」

「別の職務に就きました」

無事であると知って全身から力が抜けた。次いで、慌てる。

「聖域と神域は？　魔物はどうなりましたか？　みんな無事ですか……!?」

「落ち着いてください、アリア・アメリア。みんな無事です。あれだけの惨事であったにもかかわらず、命を落とした生徒はいません」

「ほ、本当ですか」

聖女は腰を上げ、アリアを寝かせつける。素直にベッドに横たわりながら、アリアは聖女を見上げた。

「ドロシーさんは……」

「――ドロシー・チェンバーは……無事、とは言いがたいですね。しかし、本来なら助からなかった彼女も、命を落としたわけではありません。心にも体にも深い傷を負い、今は町で治療を受けています。いずれ学園に戻ってきたいと、とても意欲的ですよ」

「そ……そうですか」

「あなたに謝罪をしたいと言っていました。あなたがいやでなければ、同室に戻りたいとも言っていました。あ、これは内緒ですよ。戻ってきたら直接お願いするそうです」

きれいに手入れされた指を唇にちょんとくっつけ、片目をつぶった聖女が悪戯《いたずら》っぽく笑う。

「話を聞く限り、彼女は魔物を引き入れた最大の原因と言えるでしょう。ですから、それなりに処罰をしなければなりません。しかし神々は彼女をお許しになり、優秀な聖女になることで人々に貢献するようにと寛大なお言葉をかけてくださいました。よって、ドロシー・チェンバーのこの度のおこないは〝不問〟となったのです。神々の言葉は絶対なのです」

断言する聖女に、アリアは安堵して脱力する。

「魔物は」

「それに関しても問題はありません。聖域を再構成したときに下等種は死に、動けなくなった上位種の掃討も無事に終了しました。森で起こった火災も雨のおかげでそれほど広がらなかったんです」

「もう魔物を退治したんですか？　あんなにたくさんいたのに」

「魔物の襲来から五日たっています。あなたは五日間、昏睡《こんすい》状態だったんですよ」

「五日も？」

「祝福の効果で空腹はないと思いますが、動けるようになったら食堂で軽くなにか食べておくといいですね」

五日も寝ていたという衝撃に、アリアはしばし茫然《ぼうぜん》とした。

「ありがとうございます、アリア・アメリア」

聖女がそっとアリアの手を取る。

「あなたの力が多くの生徒を救いました。現状を把握せず、安易な結論であなたを退学させようとした学園側の判断は、本当に愚かとしか言いようがありません」

「いえ、わたしはなにも……」

戸惑うアリアに、聖女は静かに目を伏せた。

「死を司る神の力を、わたくしたちは見誤っていたのです」

「どういう意味ですか？」

「――彼は、女神の腹を裂き、女神を殺して生まれ出た忌まわしき神。生きとし生けるものに寿命という呪いをまき散らした悪神《あくしん》であると、聖職者の多くは考えていました。否、聖職者に限らずすべての人々がそう思っていたでしょう」

「違うんですか？」

誰もが知る〝常識〟を否定されてアリアは戸惑う。聖女はきっぱりと首を横にふった。

「違います。あれから皆で協議を重ね、新たな結論に達したのです」

聖女は真摯《しんし》な眼差《まなざ》しで続けた。

「わたくしたちは、寿命という呪いにばかり囚《とら》われていました。しかし、注目すべきは、彼が生まれる際、多くの命も同時にこの世に誕生した事実です。彼が生まれることによってわたくしたちはその恩恵にあずかった――死を司る神ディアグレスは、死を司る神であると同時に生を司る神でもあるのです」

「生と死を司る神……それが、ディアグレス様」

「長く顕現《けんげん》しなかったお方であるがゆえ、謎《なぞ》の多い神でもありました。だから誤解が生じてしまったのです。聖女の〝祝福〟には限界があり、治癒できる範囲の怪我は限られていました。快癒はおろか、多くの者が命を落としていたでしょう。生を司る神としての力を行使したからこそ生徒たちが助かったのです。あなただからこそ皆を助けることができたのですよ」

無我夢中だったから、聖女の言葉にぴんとこなかった。こんなふうに熱を込めたお礼を言われた記憶もなかったので混乱してしまう。

どこに行ってもアリアは〝厄介者〟だった。避けられるのが日常だった。

「わたしにかかわったたくさんの人が不幸になりました」

「それは仕方のないことです」

言い切る聖女に混乱する。

「ひ、人が、死んだことも」

「仕方がないのです。神の逆鱗《げきりん》に触れたのですから」

「神の逆鱗？」

ん、んんっと、聖女は咳払《せきばら》いした。

「学園に来る以前から死神はあなたのそばにいたのではないかと、わたくしたちは考えております。あなたのそばにいて、あなたを守っていたのでは、と」

「……え……？」

「男爵家で起こった事件の関係者で運よく生き残った者、そして、先日、町医者のところに運び込まれた三人を改めて設問したのですけれど、誰もがあなたに害をなそうとしたら胸の痛みを覚えて倒れたと白状しました。外傷はありません。いっさいの痕跡《こんせき》もなくそれほどのことができるのであれば、もうそれは神の仕業《しわざ》と言わざるを得ません。あなたのそばには、それが可能な方がいらっしゃるわけですから」

アリアが人々を不幸にしたのではなく、ディアグレスが手を下《くだ》していた。聖女の言葉からようやくそのことを理解する。

「全部、ディアグレス様がしたと言うんですか？」

「逆鱗に触れたのです。寵愛《ちょうあい》を与えようとしていた娘に不貞を働いたのですから、それは当然の報いです」

人の死さえ問題視されないのは、相手が神であるがゆえなのだろう。けれどアリアには理解できないことばかりだった。

しかも。

「寵愛……!?」

「本来は学園にいる女子生徒から寵愛を与える娘を選ぶのが慣例ですが、死神は少し型破りなようですね。男爵家にいるときにあなたを見初《みそ》めたのでしょう。思いがけず情熱的な神で、わたくしも驚いているところです。まあ神々は、比較的情熱的な方が多いのですけれどね」

なぜか聖女が照れている。それはどういう意味なのかと尋ねたかったが、なんとなく尋ねてはいけないような雰囲気で口ごもってしまった。

「ディアグレス様は……」

「意外と律儀な神のようで、御所であなたを待っていらっしゃいます」

思い出したように聖女がくすくすと笑った。アリアもつられて笑い、はっとした。

「魔物はすべて倒されたんですか?」

「――一匹だけ取り逃がしました」

「それは」

黒狼《こくろう》なのかと尋ねようとして口を閉じる。下手《へた》に質問して関係を疑われたら後々大変なことになる。生徒の前で名を呼んでしまったことすら軽率な行動だったのだ。誰かに目撃されていたら、アリアは今ごろ生徒でも聖女でもなく〝罪人〟になっていたかもしれない。

「ざ……残念です」

アリアはなんとかそう返した。

「再構築した聖域の中での逃走です。なぜ魔物が俊敏《しゅんびん》に動けたのか、捕らえて詳しく調べられればよかったのですが、神官と聖騎士は魔物たちの掃討でそれどころではなかったと言っていました。逃走した魔物は別の魔物と戦っていたという目撃情報もあり、いろいろ気になる点が多かったので、取り逃がしたことが残念でなりません」

思わせぶりな口調だと感じるのは気のせいだろうか。アリアは無意識に肩をこわばらせる。

「そういえば、あなたはご存じですか？」

さぐるような間に、アリアは伏せた顔をそっと上げる。

「魔方陣らしきものが多数確認されたという話を。魔物を倒していたので味方の攻撃らしいのですが、魔導国出身は治療中のドロシー・チェンバーだけ。誰が魔方陣を作ったのか、いまだにわからないのです」

（ハロルド様とアーロン様は、あの力を隠しているの……？）

戦いの最中も人目につくところには出てこなかったし、五日も沈黙を守っているのなら明かすつもりはないのだろう。

アリアは首を横にふった。

「すみません、お役に立てなくて」

「聖域で動ける魔物を取り逃がし、魔方陣を描いた者も不明――聖域と神域がそろって破壊されたのも前代未聞。今年はずいぶん荒れた一年になりそうですね」

ふうっと聖女が溜息をつく。まだなにか質問されそうで、アリアは話を逸《そ》らそうとずっと疑問だったことを尋ねた。

「聖職者が魔物の数を管理しているというのは本当でしょうか。魔石を魔導師に横流ししているから、魔物の数が減らないのだと……」

「――それは誰から聞いた話ですか？」

聖女の表情が厳しくなる。口にしてはならない問いだったのかと背筋がひやりとした。しかし、今さら質問を引っ込めるわけにもいかない。

「馬車で移動しているとき、誰かがそう言っているのが聞こえて」

苦しい言い訳だったが、適当に名前を出すわけにもいかず、アリアはなんとかそう答えた。

「流言です」

「で、でも実際、魔物の被害は減っていないんですよね？　魔物を倒して魔石を回収すれば、魔物は弱体化するんじゃないんですか？」

魔物であるシーザーと、人々を守るために存在する聖女。どちらの言葉が正しいのか、アリアにはよくわからない。わからないから、率直に質問をぶつける。

聖女はふっと微笑した。

「魔物の被害が減らないから、魔石の流通量にも変化がないのではと、そう考えているのですね？　たしかに聖職者《わたくしたち》は魔石を魔導師に渡しています。しかしそれは横流しではなく、正式な手続きを経た取引です」

「そのせいで魔物が……」

「わたくしたちの目的は魔物の根絶ではありません。それがどれだけ困難なことか、歴史を見れば明らかです。魔石を回収し独占すれば、飢えた魔物が今以上に人を襲うでしょう。最初に狙われるのがどこだと思いますか？」

質問に答えられず口ごもると、聖女は「魔導国です」とあっさり答えを口にした。

「魔導国の人間の体には、より多くの魔力が蓄積されています。だから襲われやすい」

「せ、聖域で守れば……」

「そもそも魔導国に聖域がないのは、魔力との相性が悪いのが原因です。すぐにどこかでほころびが生じ、魔物が侵入する」

「あ……」

シーザーのときと同じだ。ほころびと、寄生型の魔物。この二つがそろえば、聖域に入ることができてしまう。

「魔導国が滅びれば、魔物は次の獲物を求めて移動するでしょう。わかりますか。魔物被害が最小限に抑えられているのは魔導国が存在するからです。過酷な状況でも生き延びられるよう彼らに手を貸すのは、彼らを守るためだけではありません。わたくしたちがより安全に生活するためなのです」

アリアは絶句した。国一つを生け贄《にえ》に、自分たちが平穏に暮らしているなんて考えもしなかった。

「これらの事実は聖職者には一般的な――いわば、共通認識となります。魔石を安全に管理し、正しく使う。被害を最小限にするために、わたくしたちは学ばなければならないのです」

青ざめるアリアを見て聖女は深く息をついた。

「この度のこと、皆を代表して改めてお礼を申し上げます。本当に、あなたはよく頑張ってくれました。そして――」

聖女は立ち上がり、優雅に膝《ひざ》を折る。

彼女は顔を軽く伏せ、組んだ手を胸の前に引き寄せて粛々と口を開いた。

「祝福申し上げます、新たな聖女アリア・アメリア」

聖女が出ていったあと、アリアはしばらく放心してドアを見ていた。

（魔導国が民を守ろうとすればするほど魔物が強くなる……魔導国では学園で起こったような襲撃が何度も……）

思い出すとぞっとする。あの中で生徒の被害が最小限にとどめられたのは奇跡だろう。

（魔物も掃討されて……に、逃げたのはシーザーよね？　ディアグレス様も御所で……せ、せ、聖女!?　わたしが!?）

ものすごい勢いでいろいろ思い出し、アリアはバッと両手で額を押さえた。異形の仮面を取ったディアグレスの、まさに人知を超えた美しさが脳裏によみがえった。

彼が触れたのは五日前。

けれどアリアはその感触を、妙に生々しく記憶していた。

あれはまさしく誓いの口づけだった。

愛おしそうに見つめてくる瞳に頬《ほお》が熱くなった。

（――ディアグレス様が、ずっとわたしを守ってくださってたの……？）

多くの不幸がアリアの周りで起こっていた。だから男爵家でも学園でも、アリアはずっと避けられ続けていた。その原因が、まさかディアグレスだとは思わなかった。

（お姉さまの婚約者は、亡くなったり後遺症で苦労されたりしている。森でわたしを襲ってきた三人は退学するくらい追い詰められている）

やっていることはめちゃくちゃだ。明らかにやりすぎだ。けれど、ディアグレスの加護がなければ、アリアはきっと今以上に陰惨な暮らしをしていただろう。心を壊されるか、体を壊されるか、あるいは命そのものを落とす未来だってあり得たかもしれない。

(守ってくださっていたんだ)

不器用な神様が彼にできる最善で、アリアから危険を遠ざけてくれていたのだ。

アリアは両手で頬を包む。

(どうしよう)

嬉しい。そう思ってしまう。思ってからはっとした。

人知れず守ってくれていたディアグレスは、魔物に襲われる混乱の最中、寵愛という形で彼の力を行使する権利をアリアに与えてくれた。

(でもあのとき、さ、さ、最愛って言ってなかった……!?)

寵愛ではなく、最愛。

「聞き間違いよね……?」

違いはよくわからないものの、寵愛されることで聖女になるのだから、きっと〝最愛〟ではないはずだ。アリアは無理やり自分を納得させるとベッドから下りた。

魔石に関しては今一度考える必要があるだろう。聖職者たちの考えも、魔石を魔導国に渡す理由もわかったが、それでもすべて納得できたわけではないのだから。

けれど、今は。

「ディアグレス様に会ってお礼を言わなくちゃ」

聖女と呼ばれはしたが、アリア自身は退学をまぬがれただけの学生である。ゆえにクローゼットから取り出した制服に着替えた。たいして動いたわけではないのに、着替えがすんだ頃には心臓がバクバクしていた。

(これって寝ていたのが原因？　それともディアグレス様の力をお借りした反動？)

よくわからなかったので、心臓に負担をかけないようゆっくりドアへ歩いていく。

廊下は驚くほど静かだったが、壁には魔物がつけたのだろう爪痕《つめあと》があり、床や天井がえぐられていた。ところどころ修繕の痕はあるが、完全にもとに戻すには時間が必要だろう。

襲撃のすさまじさに圧倒されながら、アリアは光の聖女の指示にしたがい食堂に向かった。

誰もいないだろうと思った食堂には、意外にも先客がいた。ハロルドとアーロンだ。ハロルドはテーブルに突っ伏し、アーロンは指にペンを突き刺していた。

「……っ……!?」

アリアが立ち止まると、ハロルドが緩慢に顔を上げ、ぱっと目を輝かせた。

「姉さま！　やっと起きたんだ！」

「ハ、ハロルド様、ご心配おかけしました。ハロルド様もご無事でなによりです」

「無事じゃないです。魔方陣の乱発で倒れたんですよ、ハロルド様。動けるようになったのは昨日《きのう》です。まだ本調子ではないので授業も免除されています」

血のついたペンを片手にアーロンが「ちなみに自分はハロルド様の侍従なのでいっしょに免除をもぎ取りました」と追加する。ハロルドがキッと睨みつけた。

「なんでよけいなことを言うんだよ！　僕はなんともなかったの！　いつも通り授業がサボりたかったからサボってただけ！」

「格好つけたいお年頃のハロルド様はそういうことにしておきたいそうです。なので、アリア嬢もそういう認識でお願いします」

「アーロンは黙ってて！」

赤くなって憤慨《ふんがい》するハロルドを見てアリアが笑うと、彼もつられたように笑った。

「座って。なにか食べる？　あ、野菜スープをもらってくるよ」

アリアに椅子をすすめたあとハロルドが席を立つ。アリアは素直に腰かけ、再び自分の指にペンを突き刺しはじめたアーロンにぎょっとした。

「ああ、気にしないでください。自分はハロルド様のように器用ではないので、こうして紙に魔方陣を描いて携帯用にしているんです」

「アーロン様は魔導国の出身なんですか」

緊張気味にアリアが問うと、アーロンはあっさり首を横にふった。

「魔方陣が便利なので、わが家で流行《はや》っているだけです。本来もっと大規模なもので、紙に描いて携帯するのは邪道なんです」

「普通は術者の血に砕いた魔石を入れて魔方陣を描くんだよ。だから発動させられるのは魔方陣を描いた術者だけなの。術式だってもっとずっと複雑なのに、アーロンはめちゃくちゃ簡略してるんだよ」

野菜スープを持ってハロルドが戻ってきた。

「自分が描く〝めちゃくちゃ簡略した術式〟に手を加えて自己流にするのがハロルド様です。大神官へのお誘いはいただけましたか？」

「やめてよ。縁起でもない」

ハロルドは顔をしかめながらアリアの目の前に野菜スープを置いた。

「ありがとうございます」

「ゆっくり食べて」

「はい。……あの、お二人が魔物と戦ったことは内緒なんですよね？」

「公《おおやけ》になると面倒くさいからね。みんな魔物に注視して僕たちには気づいてなかったから、このままうやむやにする予定なんだ。ところでアーロン、その内職、あとにしてくれる？　姉さまが怖がってる」

ペンでざくざく指を刺すアーロンに青くなっていたら、ハロルドがそう指摘してくれた。

「すみません」と謝罪するアリアに「お構いなく」とアーロンがペンを置く。代わりにポケットから取り出した赤いものを口の中に放り込んだ。

「それは」

「魔石です。魔力をだいぶ消費したので補充しないと。いきなり大量に摂取するとお腹を壊してしまうので、緊急時以外は少しずつ食べるんです」

アーロンが魔石を奥歯で噛み砕く。

「ま……魔石は、普通、食べられるものなんですか？」

「アリア嬢はそこら辺に転がっている石を食べる人ですか？」

質問に質問を返されてアリアは困惑した。どんなに空腹でも、石を食べたいと思ったことはない。だから素直に首を横にふる。

「そうですね。普通は食べません。食べても消化できませんし、腹を壊します。摂取量によっては命にかかわる。そういうことです」

「でもアーロン様は食べられるんですね」

「そういう家系なんです」

魔石を必要とするのは魔導師と、魔物。

（じゃあつまり――）

「アーロン様は魔物なんですか」

アリアが率直に尋ねると、アーロンはにっこりと微笑《ほほえ》んだ。

「いえ、普通の人間です。ただし、普通の人より胃が少し丈夫なんです。ですから、そういう家系なんですよ。今回の騒動で大量に魔石をくすねたので、当分困ることはないでしょう。消費した倍は確保できました。大漁、大漁」

ご満悦でもう一つ魔石を口に放り込んでいる。

（よ、よくわからない人だわ……!!）

最初はごく普通の人だと思っていたのに、実は全然そうではなかったらしい。驚愕《きょうがく》するアリアに、ハロルドが苦笑する。

「ほら、スープが冷めるよ、食べて」

「は、はい」

スープを口に含んでほっとする。野菜の甘味とわずかな塩味のさっぱりとした飲み口だった。歯にあたらないくらい軟らかく煮込んだ野菜も、久しぶりに食事をとる体に優しそうだ。

少しずつ体に馴染《なじ》ませるように食べているとハロルドが躊躇《ためら》うように口を開いた。

「姉さまって、本当に聖女になったの？」

ごほっと喉《のど》が鳴った。

ハロルドが慌てて咳《せ》き込むアリアの背中をさする。

「急にごめん。だけどもしそうなら、どんな手段を使ってでも契約は取り消すべきだ」

下女は調理場にいて、食堂にはアリアたちしかいない。それでもハロルドは声のトーンを落として訴えてきた。

戸惑うアリアに、ハロルドは観念したように言葉を続けた。

「魔物が襲ってきたときに言ったでしょ。年老いた聖女がいないって。でもそんなレベルじゃないんだ。——ここからは機密事項。王宮でもごく一部の人間しか知らない事実だ。姉さま、よく聞いて。聖女は例外なく失踪しているんだよ。神官も聖騎士も死ねば埋葬される。だけど聖女は死体すらない。聖職者が埋葬される合同墓地にあるのは白い墓石だけだ」

聖女と呼ばれた女がどれほどいたのか正確にはわからない。けれど、数十人という単位ではない。ハロルドの言葉が真実なら、数百人、あるいはそれ以上の聖女が行方《ゆくえ》知れずになっていることになる。

「だったら、聖女たちはどこに？」

アリアの問いに、ハロルドは首を横にふって押し黙る。

「聖職者は国境さえ越えて活動するため、実際に足取りを追うのは困難なんですよね」

代わりにアーロンが語り、「でも」とさらに続けた。

「アリア嬢は、聖女とは違うのではないでしょうか。寵愛ではなく最愛と、自分には聞こえましたし」

「それは僕にも聞こえたけど、神の力を行使したなら聖女になったってことでしょ」

ディアグレスが発した「最愛」は、やはりアリアの聞き間違いではなかったらしい。ここで狼狽《うろた》えるのはよけい恥ずかしい気がして、アリアはぐっと唇を噛《か》んだ。

「聖女というか、この場合――神の花嫁になったのでは？」

アーロンの問いに、ぶわっと頬が熱くなった。愛おしそうに見つめてくる漆黒の瞳、柔らかく触れてくる唇、声はどこまでも甘く溶け、まるで恋人にささやきかけるようで。

「ち、ちが、違います、花嫁、だ、なんて、そんな……!!」

頬が熱い。必死で否定しているのに言葉がうわずって崩れ去ってしまう。あんな情熱的な瞳を向けられたら、本当にそうなのではないかと錯覚してしまう。魂ごと絡め取られてしまう。

恥ずかしくてたまらず、アリアはハロルドたちの視線を避けるように両手で顔を隠す。

おおいに狼狽えるアリアを見て、ハロルドがにっこりと笑った。

「よし、死神を吊《つる》し上げよう。ついでに消えた聖女がどうなったかも問い詰めよう」

「不興を買ったら心臓潰されちゃいますよ」

「大丈夫だよ。あれでも多少は配慮してるんだよ。三人組の心臓は潰さなかったし」

おざなりに止めるアーロンと意に介さないハロルド。先生たちが協議を繰り返してようやくたどり着いた結論にもかかわらず、二人はディアグレスの仕業だと確信しているようだ。

「あ、あの、本当に、不興を買うと命にかかわるかもしれません。男爵家では亡くなった人もいるんです」

姉の婚約者を思い出し、すうっと顔から血の気が引く。青ざめて訴えるアリアに「その件でしたら」とアーロンが思案げに口を開いた。

「状況から推察するに、よほどのことをしない限り安全であると自分は判断します。神の花嫁を害そうとした〝天罰〟ですからね。惚《ほ》れた女にちょっかい出されてムカついたんでしょう」

「惚れ……!?」

あけすけな意見に今度は真っ赤になる。花嫁だの惚れるだの、話が一足飛《いっそく》びでついていけない。だいたい、ディアグレスからその類《たぐい》の言葉を聞いたのは、力の行使を許されたときだけなのだ。

「吊そう。吊して聞き出そう。そこら辺の詳細を詳しく吐かせよう。なんで男爵家に死神がいたのか経緯とかいろいろ！」

怒りながらとんでもないことを言い出すハロルドに混乱しすぎて手まで震えて、スプーンとお皿がぶつかってカチャカチャと忙《せわ》しない音が手元から聞こえてきた。

「そ、そそそそそ、それより、シーザーのことが気になります。先生は逃げた魔物がいると言ってたんですが、シーザーはちゃんと聖域から出られたんでしょうか？」

話題を変えようと震える声で尋ねると、ハロルドはことんと首をかしげた。

「シーザーって、あの黒狼？」

（よかった！　話にのってくださった！）

アリアは心底安堵しながらうなずいた。

「そうです。丸太小屋にいた魔物です」

「――名前があったんだ。呼称を持つってことは、上位種の中でも特殊な部類だね」

ふうむとハロルドが顎《あご》に手をやると、アーロンの興味も移ったらしく思案顔になった。

「しかも獣系でしたね。獣系は下等種が大半ですが、狼獣《ろうじゅう》は銀狼《ぎんろう》、黒狼、白狼《はくろう》、赤狼《せきろう》をはじめ上位種が占め、魔物の中でもきわめて凶暴と聞きます」

「そんな危険な魔物のところに姉さまが一人で通ってたの⁉　大丈夫だった⁉」

ハロルドに詰め寄られてアリアはうなずいた。

「はい。これといって危険はありませんでした」

命の危険を感じたことはない。無意識に腕をさすってしまったのはシーザーがそれを食べたがっていたからだ。

(ずっとなにも食べてなかったのに、あんなに動いてお腹をすかせてないかしら。あ、無事に逃げたなら、きっともうごはんを食べてるわよね？)

スープを飲み終わって返却口に食器を返したあと、アリアは下女に干し肉とチーズを挟んだパンを頼み、紙に包んでもらった。

「それ、黒狼《あいつ》に？」

「もしかしたら聖域の近くにいるかもしれないので」

アリアが紙に包んだパンを胸に廊下に出ると、ハロルドは苦笑した。

「柵《さく》まで行くならちょうどいいや。僕も体が鈍《なま》ってるからちょっと動きたかったんだ」

万全でないのに、ハロルドはアリアに付き合ってくれるらしい。

「黒狼を探したあと、死神に会いに行こう」

さらりと続けられてアリアは再び赤面する。〝花嫁〟という言葉とディアグレスの素顔を思い出してしまったのだ。会って助けてもらったお礼を言いたい。しかし、気持ちの整理もつかないうちにディアグレスに会ったらパニックになってしまいそうだ。

「死神を吊して、今回の騒動の一端を担ってるだろうクソ忌々しい黒狼もいっしょに吊すんだよね？　犬は上下関係をわからせたうえで躾《しつ》けないと！」

「吊しませんし、躾けません」

驚倒《きょうとう》してアリアが否定すると、毒を吐いていたハロルドがかわいらしく唇を尖《とが》らせた。

「えー。つまんなーい」

ハロルドはそう言いながら廊下を歩いていく。

（こ、このままシーザーのところに行って、それからディアグレス様のところ？　ど、どうすればいいの……っ）

狼狽えながらもアリアはハロルドとアーロンに続いて廊下を歩く。歩調がゆっくりなのは、アリアの体を気遣っているのと、ハロルド自身が万全でない表れなのだろう。

しばらく歩いていると、授業が終わったのか廊下の奥が騒がしくなった。

（……みんな無事なのね）

改めて実感する。校舎の至る所に魔物襲来の爪痕はあっても、学園自体は日常を取り戻しているのだ。それが素直に嬉しかった。

胸を撫で下ろすアリアをちらりと見て、ハロルドが廊下の角を曲がった。

「あ、ハロルド様！　体調は戻ったんですか？　ショックで寝込んでる生徒もいるので、しばらく授業は復習中心になるから無理に出席しなくていいって先生が――あっ」

嬉々《きき》として声をかけてきた男子が息を呑《の》んだ。アリアと目が合ったせいだろう。

アリアは反射的にうつむいた。

（怪我を治したとき、呪われたくないって言ってた人だわ）

無遠慮に触れたアリアを蹴り飛ばした男子だ。アリアの身の回りで起こった不幸なできごとは呪いではなかったが、ディアグレスが手を下していたのなら恐れて当然である。ますます遠巻きにされてしまうのだろう。

萎縮《いしゅく》していると、荒っぽい足音が近づいてきた。

「ごめん！」

唐突な謝罪にアリアは顔を上げる。アリアを足蹴《あしげ》にしたあの男子だった。

「俺、助けてもらったのにひどいことした。謝ってすむことじゃないけど、本当にごめん‼　あのまま放置されてたら、俺、たぶん死んでたと思う。助けてくれて感謝してる。俺のことは一発――いや、気がすむまで殴るなり罵《のの》るなり好きにしてくれ！」

「え、あの」

困惑するアリアの目の前で、突き出された顎に拳《こぶし》がめり込んだ。「えっ」とアリアが隣を見ると、真上に拳を振り切ってハロルドが微笑んでいた。拳にうっすら魔方陣が浮き上がっている。どうやら殴った際に拳を痛めないように細工しているらしい。

「姉さまにそんな乱暴なことさせられないから、代わりに僕が殴ってあげる。懺悔《ざんげ》したい人は並んで並んで～」

「なるほど。では自分もお手伝いさせていただきます」

「え、いえ、そ、そんなことは……!!」

ハロルドもアーロンもやる気満々だ。吹き飛ばされ昏倒《こんとう》した男子を見て呆気《あっけ》に取られていた他の生徒たちが、青ざめながらも整列していく。

「無視してごめん！　私の同室の子が、あなたに治してもらって助かったの。まだ動けないけど、助かったのは奇跡だって先生も言ってて、謝罪とお礼がしたくて！」

「俺も失明するところだった。思い切り殴ってくれ！」

「僕は首の動脈やられて死にかけてた。ずっとひどい態度とってた僕まで助けてくれて感謝します。今までごめん、本当に最低だった」

「ごめんね」

講堂から出てきた生徒が、事情を聞いて次々と列に並んではハロルドたちに吹き飛ばされている。女子は幾分力加減をしているようだが、どう考えてもやりすぎだ。

「ハロルド様、アーロン様、もうこれ以上は……」

「彼らもひどいことをしている自覚があったんです。区切りをつけなければ、しこりとして残るでしょう。これは通過儀礼ですよ。これからここでアリア嬢とともに学んでいくための」

「これで許すのは、僕としては不本意だけどね」

「ハロルド様は下心がありましたから、あとで自分が一発殴って差し上げますね」

退屈を埋めるためにアリアに近づいたことを言っているのだが、意味のわからないアリアは、反論しないハロルドと平然と拳を握るアーロンを見てさらに困惑した。

一通り制裁が終わると女子がアリアを取り囲んだ。目がキラキラだ。

「ディアグレス様って怖い神様だと思ってたけど、なんか思ってたのと違うのね」

鼻息荒く話しかけられ、アリアは圧倒されて固まった。

「そうそう！　あの剣さばき！　聖騎士と互角っていうか、それ以上だった！　大きな魔物も難なく倒しちゃって格好よかったよね！」

「私も近くで見た！　助けてもらったの！　超美形だった!!」

「私もー!!」

女子がいっせいに悶《もだ》えた。顔を赤らめ、頬を両手で押さえ、かつてないほど盛り上がっている。

「ルシエル様もお美しいけど、ディアグレス様！　素敵すぎて息が止まるかと思った！」

「なんで仮面しちゃうのー」

「ディアグレス様ぁ～。目の保養なのに～」

今度は嘆きはじめた。

眠っているあいだにアリアの評価はガラリと変わったが、どうやらディアグレスの評価も変わったらしい。皆の反応がすっかり好意的だ。

「ディアグレス様の聖女って一人だけ？　同時に複数の聖女を選んだりしないのかしら」

真剣な顔で尋ねられてアリアは動転した。今までディアグレスの聖女になろうという女子はいなかった。そばにいたアリアですら下女を目指していたのだから皆無だろう。

それなのに、急に複数の聖女だなんて。

「死神の力を行使できたってことは、アリアさんはもう聖女に選ばれて――」

「あ、そうだ。僕たち用事があるんだった。そろそろ行こう、姉さま」

いきなりハロルドが割り込んできてアリアの手をつかんだ。「じゃあみんな」と歩き出すハロルドに、生徒たちは目を白黒させながら「気をつけて」「また授業で」と手をふった。

「残念ですね。今までアリア嬢を独占できていたのにこれからは難しそうで」

そんなことを言いながらついてくるアーロンが楽しげだ。

独占だなんて、アリアには一番縁遠い言葉だった。新鮮な響きに驚いていたら、頬を赤らめたハロルドに軽く睨まれてしまった。

(お、弟に懐かれるってこんな感じなのかしら……!?)

嬉しさのあまり口元をほころばせるアリアに、ハロルドがむっつりと口を引き結ぶ。そして、アーロンはますます楽しげに笑うのだ。校舎から出ると、いつまで雨が降っていたのか、森全体がしっとりと濡《ぬ》れていた。大火を逃れた木々が深く濃い緑に彩られ、惨劇をおおい隠すように枝葉を伸ばしている。

森に入る手前で校舎の陰から黒いものがひょこりと現れた。ディアグレスだ。女子が嘆いていたように鳥面で顔半分をおおっていた。

(ディアグレス様……!!)

花嫁。最愛。惚れる。そんな言葉が頭の中をぐるぐる回り、アリアは硬直した。

「ディアグレス様は姉さまの――アリアの行動を把握してるんですか」

動転して顔をそむけるアリアとは逆に、ハロルドは胡乱《うろん》げにディアグレスを睨んでいる。

「そろそろ起きる頃かと思った。体調は?」

(五日眠っていただけなのに、会話能力《スキル》が飛躍的に向上しているわ!?)

「あまりよくないのか? すまない。権能は使い方によって反動が大きくなるらしい」

(ディアグレス様がわたしを心配しているわ――!!)

出会った頃は正体不明だった神がものすごい進歩だ。近づいてくる彼がアリアしか見ていないのが伝わってきて心拍が跳ね上がってしまう。

「ちょっと待って。アリアはまだ目覚めたばかりなの！　そんなポンポン話しかけられたら混乱するでしょ！　それよりここ目立つから森に入って」

両手を広げたディアグレスの動きを、ハロルドがぴしゃりと封じる。「わかった」と答えた姿がしょんぼりしているように見えて、動揺に固まっていたアリアの表情が崩れた。

森の中を歩きながら、アリアはディアグレスに話しかけた。

「体調はすっかりよくなりました。ディアグレス様、いろいろと助けてくださってありがとうございました」

感謝の言葉にディアグレスの口元がほころんだ。嬉しそうだ。

（こんなに表情が豊かな方だったかしら。なんだか……かわいらしいわ）

漆黒の剣で容赦なく魔物を切り伏せる姿はあれほど頼もしかったのに、今は仕草だけでも好感を抱いてしまうほど愛らしい。アリアより身長も高くて体格もいいのに不思議だ。

「力を貸していただいたおかげで、学園のみんなも無事でした。――それで」

いつからどんな理由で見守ってくれていたのか。

先生たちが協議した末に導いた〝生と死を司る神〟という認識は合っているのか。

最愛とはどういう意味で口にしたのか。

いろいろ聞きたいけれど、すごい形相で睨んでくるハロルドと、わくわくしながら耳をそばだてるアーロンに気づいて疑問を引っ込めた。

「ディアグレス様は、お疲れではないですか？」

込み入ったことは二人きりになったら尋ねよう。そう決心して別の質問を口にする。

「疲れるというのは、どういう感覚だ？」

「体がだるいとか、眠いとか、——体調を崩すとか、です」

なるほど、と納得してから「問題ない」と返ってきた。

「お前がいないほうが体調を崩す。寂しいのは、よくない」

「え？　そ、そう、なんですか？」

するすると寄ってきてくっついてきた。意図は読めないが仕草がかわいかったのでそんなものなのかと納得していたら、「ハロルド様、吊し上げないんですか」とアーロンの声が聞こえ、直後に不機嫌顔のハロルドに手をつかまれた。

「姉さま、急いで。黒狼を探すんでしょ」

「——黒狼？」

繰り返してからディアグレスの口元がぎゅっと引き結ばれる。不快感を示す姿に小首をかしげると、ディアグレスがハロルドからアリアを奪うなり軽々と抱き上げた。

「ディアグレス様、どうされたんですか!?」

仰天するアリアの顔をディアグレスが覗《のぞ》き込んでくる。

「あの魔物を探すんだろう？　あれは――気に食わない。気分が悪い。不愉快だ。だが、探すなら、……手伝う」

（なんかものすごく複雑な顔をしていらっしゃる気が――!!）

アリアの願いを拒否できない彼は、可能な限り不満を訴えつつアリアの体を気遣いながら歩き出した。

怒っているのだろうか。それとも、魔物を探すアリアに呆れているのか。

（どんな表情《かお》をしているのかしら）

そっと仮面に触れると、ディアグレスが足を止めた。触るなと拒否されるかと思ったがなにも言わない。そっと持ち上げ、仮面をはずす。魔物に襲われる混乱の中で見た美しい面差しが、まっすぐアリアを見つめ返してくる。

（……不思議。どうしてこんなに懐かしく思えるの？）

優しい眼差しを受け止めながら、アリアは奇妙な感情に囚われていた。ずっと捜していた人に出会えたような、胸の奥からあたたかいものがあふれてくるような、そんな感覚。

じっとディアグレスを見つめていたアリアは、ハロルドが手のひらの上でいくつも魔方陣を作り出していることに気づいて慌てた。

「なにをしてるんですか？　まさかシーザーに攻撃をしてるんですか？」

魔方陣が次々と消えていく。アリアが青くなると、「違うよ」とハロルドが答えた。

「いくら僕でも居場所のわからない相手には攻撃できないもの」

「だったらなにを……」

尋ねながら森に視線を投げ、アリアは口を閉じた。雨で鎮火したとはいえ、木が焼けたにおいが森全体にただよっている。そのうえ魔物を埋めたのだろう生々しい土くれが散見されて、今さらながら恐ろしくなってディアグレスにしがみついた。

「光神が森の中にいる」

「ルシエル様が？」

一拍遅れて聞こえてきたハロルドの返答に、アリアはぎゅっと唇を噛んだ。

金の髪に金の瞳、女子がことごとく夢中になる優れた容姿を持つ神々の父。世界を望んだ偉大なるはじまりの神なのに、アリアは光神を怖いと感じてしまう。

「雨がやんだのにまだ地上に残ってたなんて……なにしてるんだろう」

「今戦っても負けるでしょうから、ひとまず逃げますか」

顎に手をやり、アーロンが思案げに提案する。すると、ハロルドが眉《まゆ》をひそめた。

「どうして戦うこと前提なの？」

「ハロルド様こそ、負け戦がお好きなんですか」

「そういう意味じゃ——……あ、近づいてきた」

ハロルドは「ついてきて」とアリアに手招きした。先頭を行くハロルドに、ディアグレスに横抱きにされる形でアリアが続き、そのあとをアーロンが追う。

ハロルドがひどく不規則に歩いている。

（――ルシエル様を警戒してるの？）

言葉にするだけで不敬になる問いに、アリアはぐっと唇を噛んだ。

低木をかき分けたどり着いたのはシーザーを匿《かくま》っていた丸太小屋、その〝跡地〟だった。小屋は崩壊し、中にあった道具があたりに散乱していた。しかも、どうにか原形がわかるだけで、どれもこれも焼け焦げているのだ。あまりの惨状に震えるアリアの肩を、ディアグレスがそっと撫でる。

そんなアリアとは対照的に、ハロルドは火災の跡地を見て呆れ顔だった。盛大に溜息をつき
「普通は逃げるでしょ」と誰ともなく話しかける。

「先生たちに見つかったらどうする気なの。あの人たち、魔物と対話する気なんてこれっぽっちもないんだよ。わかってる？」

問いかける声に答えるように、かろうじて立っていた樹木の陰から黒狼が姿を現した。

「シーザー!?　よかった、無事だったんですね！」

アリアが声を弾ませると、シーザーはぴくりと耳を動かすなり全力で走ってきた。そして、あろうことかディアグレスごとアリアを押し倒し、顔をすり寄せてきたのだ。

「怪我はありませんか？　聖域から出て、遠くに行ってしまったと思っていました」

『お前がここに来ると思って待っていた』

ぶんぶんとしっぽをふりながらまとわりつく姿は、見まごうことなき大型犬である。体をこすりつけてくるシーザーに、アリアは小さく笑い声をあげる。

「くすぐったいです、シーザー」

『今日は一段といいにおいがする』

「パンを持ってきたんです！」

無駄になるかもしれないと思ったが準備してよかった。喜ぶアリアに、シーザーはふいっと首を横にふる。

『それじゃない』

アリアのクッションと化していたディアグレスが、否定するシーザーを押しのけるなり立ち上がった。ついでにアリアも立たせてくれる。

（さ、殺気……!!）

背後からものすごい形相でシーザーを睨んでいるのが気配だけで伝わってくる。

パンでは満足せず腕を所望する魔物と、聖女となったアリアを守ろうとするディアグレス。一触即発である。あいだに挟まれ真っ青《まさお》になるアリアの耳に「ああ」と、緊迫した空気をものともしないアーロンの声が飛び込んできた。

「獣系の魔物は嗅覚《きゅうかく》が鋭いんでしたっけ」

嗅覚。においそこで、とんでもないことを思い出した。

(わたし、五日も眠ったままだった……!!)

つまり五日間、シャワーを浴びていない。鼻がいい魔物にとって臭いに決まっている。ディアグレスだって気づいていたはずだ。羞恥《しゅうち》に一瞬で体温が上がった。

「獣系の魔物はつがいをにおいで見つけるんですよ。なかでも狼獣は非常に好みがうるさく滅多に相手を見つけられないので、数が極端に少ないのだとか」

アーロンの注釈に、アリアは混乱する。

「つがいって……」

「上位種って言っても、つまりまんま獣ってことじゃないか!」

ハロルドが横からやってきて、不意打ちでシーザーを足蹴《あしげ》にした。さっと身構え唸《うな》り声をあげるシーザーは、まさしく野生の獣である。

(すごい毛艶《けづや》だわ!　なんてきれいなのかしら……!!)

五日前に見たときは夜だったたし混乱でそれどころではなかったが、改めて見る黒狼は魔物というよりしなやかで美しい獣そのものだった。一瞬見とれたあと、アリアはわれに返ってパンを差し出した。

「どうぞ」

シーザーはちらりとアリアを見上げ、『仕方ないな』と言わんばかりに口を開ける。大きな口だ。きれいに並んだ歯列のあいだにパンを置くと、咀嚼して飲み込んだ。

『これで満足か？』

「はい。ありがとうございます」

はじめて食べてくれた。嬉しくて笑顔になると『ふん』とシーザーが鼻を鳴らしてそっぽを向いた。

（あら、しっぽが揺れてるわ。ご機嫌なのね）

豊かなしっぽが左右にバサバサ動いているが、どうやら本人は気づいていないらしい。しっぽを眺めつつ微笑むアリアを見て、「アリア嬢は立派な猛獣使いになりそうですねぇ」と、アーロンがしきりと感心している。

ちなみにハロルドは眉をひそめ、ディアグレスは不満顔だ。

（それにしても、なんて立派なしっぽなのかしら）

毛量といい毛艶といい、実に素晴らしい。手触りも抜群に違いない。

「シーザー、少し触ってもいいでしょうか？」

『…………』

「ちょっとだけです。撫でるだけ……あの、い、いやなら無理にとは言いません。わたし、寝込んでいてずっとシャワーを浴びていないので、シーザーにとって不愉快かも……っ」

無理強いしている。じっと見つめてくるシーザーに、アリアは激しく狼狽えた。

「姉さま、あきらめよう」

「そこはアリア嬢の欲求を満たすために協力すべきでしょう」

アリア以上に狼狽えつつとめるハロルドと、面白そうに後押しするアーロン。そして、そっと右手を持ち上げるディアグレス。

「心臓を止めるからその隙に触るか?」

「ついでに核も壊しちゃって」

「ディアグレス様、だめです! ハロルド様も恐ろしいことを言わないでください!」

アリアはぎょっとし、とんでもないことを口にする二人を止める。そんな中、シーザーが『いいぞ』と答えてきた。

『お前にだけ特別に触らせてやる』

「ありがとうございます!」

ディアグレスが忌々しそうにシーザーを睨んだことも、ハロルドが舌打ちしたことも、アーロンがますます楽しげに笑っていることにも気づかずに、許可が下りたことに有頂天になったアリアは、ひざまずいた勢いでそのままシーザーに抱きついた。

(や、柔らかい! ツヤツヤ! なんて手触りがいいの!?)

上等な毛皮に包まれるような感触だ。うっとりと頬ずりしていると、シーザーのしっぽが激しめに左右にふられはじめた。触れられることが好きらしい。

(魔物ってみんな同じ触り心地なのかしら。柔らかくてあったかい……子どもの頃に出会った一つ目の魔物を思い出すわ。あの子は今ごろどうしているのかしら。独りぼっちじゃないといいのだけれど)

唯一懐いてくれた魔物を思い出しているとディアグレスに肩をつかまれ、無慈悲にもずるずると引き剥《は》がされてしまった。

「いつまで獣のままでいる気？　いい加減人型に戻ったら？」

なぜだかハロルドが立腹しているようだ。アリアを背後から抱きしめシーザーから離れていくディアグレスも怒っているように見える。

シーザーはふんっと鼻を鳴らした。

『服がない。戻ってもいいが俺は全裸で……』

「戻るな変態」

『………』

理不尽に罵られ、シーザーが黙る。ハロルドは魔方陣を描くと乱暴にそれを握り潰した——と、思ったら、一瞬にして魔方陣が服へと変化していた。上質な生地に細やかな刺繍がほどこされ、ところどころ宝石まで縫い付けられている。

「ハロルド様、その服は？」

「王城から、兄上たちの服の中で一番黒狼に合いそうなのを転移させたんだよ。服なんてなくなっても気づかないだろうし、ずっと獣の格好のままってわけにいかないでしょ」

美しい刺繍に目を奪われるアリアにそう答えたハロルドは、服をシーザーに押しつけた。

「着替えるのはあとにしてね」

物珍しげに服を眺めるシーザーに、ハロルドが指示を出す。やはり出ていく気はないらしいシーザーを見て、アリアははっとした。

「もしかして、助けたかった人のために、ここにとどまっているんですか？」

『人質になっていた女は……もう、殺されている。魔物の王はもともと俺との約束など守る気がなかったんだ。これ以上、やつにしたがう道理はない』

ならばなぜ聖域にとどまるのか。いくら聖域で動けるようになったとはいえ、ここがシーザーにとって危険な場所に変わりない。そんな疑問を言葉にする前に、ディアグレスが「魔物の王？」と繰り返した。

『聖域と神域を破壊する駒《こま》を作るため、魔物の王は人間の女を攫《さら》って子を産ませている。ほとんどは形を成さないが、奇跡的に生まれた子どもの中に心臓と核を同時に持つ者が現れるんだ。魔物の王の種でも上位種は稀《まれ》だが、俺はどうやら感情面で人間に近いらしく〝出来損ない〟と言われ続けていた』

思いがけない告白にアリアは絶句した。

（魔物の王の子……だから心臓と核を持っていて上位種だったんだわ。人質になっていたのは

シーザーのお母さまだったのね。なんて残酷なことをするのかしら）

アリアが胸を痛めていると、息を呑んだハロルドが素早くアーロンと視線を交わし、いくつか魔方陣を描いた。一つが消えると吹き飛ばされた道具が丸太小屋に戻り、砕かれた小屋の丸太がふわりと宙を浮いた。驚くべきことに、焼け焦げた木や粉砕された木が互いにくっつき、なくなった部分を補い合いながら瞬く間に修復されていくのだ。乾燥させた木を一本一本加工し組み上げようやく形になる建物が、一瞬で元通りになってしまった。

しかもハロルドはそれ以外にも魔方陣を二つ描いている。

一つが消えた――刹那、丸太小屋を囲むように地表に魔方陣が現れた。

しかし、元通りになった丸太小屋にはそれ以上なんの変化もない。

さらにもう一つの魔方陣が消えると、シーザーの足下にも魔方陣が現れた。シーザーはとっさに移動したが、魔方陣が足下から離れない。

『なんだこれは!?　貴様、なにをした!?』

シーザーが牙《きば》を剥《む》く。

「黒狼のは〝隠密〟っていう、アーロンが考えた独自の魔方陣。音と気配を消す特殊なもので、第三者の知覚によって無効になる」

『つまり?』

ハロルドの説明にシーザーは警戒を解くことなく先をうながした。

「見つからない限り、なにをしても自由ってこと」

『なぜそんな中途半端なことをする？　完全に見えなくなるようにすれば……』

「やってもいいけど、術者の僕になにかあると、お前一生、誰にも気づかれないまま死ぬことになるよ。希望ならそうしてあげる」

シーザーが牙を収める。そんな二人のやりとりを聞いて、アリアは目を輝かせた。

「シーザーを保護してくださるんですね！」

「んー、まあそんな感じ。ちなみに丸太小屋にかけたのは視覚魔法だよ。僕たちには復元した丸太小屋が見えるけど、第三者には壊れたままに見えるんだ。被害状況を先生が見て回ってるはずだから、下手に手を加えるとバレるでしょ。魔物にやられた棟の修繕が最優先だろうから、ここのことはそのうち忘れると思う」

アリアには、危険な魔物だから監視下に置くという発想がない。ゆえに、強引に話の矛先を変えられたことを不思議に思いつつも、協力的なハロルドが心強くて純粋に喜んだ。

「ありがとうございます、ハロルド様」

「――黒狼が聖域から出るつもりがないなら、相応のサポートが必要だと思っただけだよ」

なんて頼もしい言葉だろう。アリアでは思いつきもしないことを、思いついてもできないことを、ハロルドがやってくれた。アリアは感激してハロルドを抱きしめた。

「本当に、ありがとうございます」

アリアの謝意にハロルドが照れたようにうなずいた。その様子がかわいくて微笑むと、なぜだかハロルドを抱きしめるアリアごとディアグレスが抱きしめてきた。

（こ、これはどういう状況なの……!?）

ディアグレスの予想外の行動にアリアが動転する。不満らしいシーザーがディアグレスの服を噛んで引っぱり、アーロンは物珍しげに眺めている。遅れて状況を理解したハロルドが、アリアの腕の中からキッとディアグレスを睨みつけた。

「ディアグレス様は関係ないじゃない！」

「よくやった」

「褒めてなんて言ってないから！」

ハロルドが乱暴に押し返すが、ディアグレスはびくともしない。足下ではシーザーが、うなりながら長衣《ちょうい》を引っぱるが、どうやらこちらも徒労に終わりそうだ。

おかしなやりとりにアリアはくすくすと笑った。

聖女候補生たちと聖職者を目指す生徒たちが暮らす学園――アリア・アメリアの新たな生活が、こうして幕を開けたのだった。

終章　神話のつづき

はじまりの神様は人々を愛していたわけではありません。

世界を愛したわけではありません。

自分が望んだ〝理想〟を創り、その行く末を見守りたかったのです。失敗すれば壊せばいい。壊したらまた作り直せばいい。はじまりの神様はそう考えていました。

なぜなら神は、ひどく身勝手で残酷だったからです。

そして。


乾いた風が吹いていた。

四日降り続いた雨は、炎に包まれた森に再び静寂を運んできた。

むろん、燃え尽きた木々がすぐにもとに戻るわけではない。足下には見苦しくすすけた大地が広がり灰の中から魔物の死体が出てくることもある。

「くっさああああい！　やだ、気持ち悪い！」

叫ぶのは大気を司る神エステラードである。美しいものをなにより愛する神は醜《みにく》い魔物が大嫌いで、無残に焼け死んだ魔物に不快をあらわにした。

「雨もやんだしやることもないから、子猫ちゃんたちを愛《め》でてから帰るわ」

「待て、エステラード！　大神が地上にいらっしゃるんだぞ。先に帰るなど――」

「僕はかまわないよ」

「大神！　しかしこれでは示しがつきません！」

大地を司る神グランデュークが光を司る神ルシエルに抗議の声をあげる。しかし、許可を得た風神はとんっと大地を蹴《け》ると木の葉を巻き上げ消えてしまった。

「エステラード!!」

気まぐれな風神に、地神は憤怒《ふんぬ》の表情だ。

「落ち着いて、グランデューク。シルキアイスを見習わないと」

「ぐ……っ」

水を司る神シルキアイスは大地に染みこんだ汚水を黙々と浄化している。「大神がそうおっしゃるなら」と、外見に反して誰《だれ》よりも従順な神は、指先一つで魔物の死体を土の中に取り込んだ。

魔物の体内からは、すでに魔石が取り出されている。

「まったく、抜け目のない……」

形ばかりの〝聖職者〟たちに薄く微笑《ほほえ》む。

神域の再構築は完了した。神々の加護を受けた森も間もなく再生をはじめるだろう。聖女が張り直した聖域にも光神自らが手を加えたから、今回のような問題は今後起こらないはずだ。

けれど、違和感がある。

森の中に――彼が自ら手を加えた聖域の中に、魔物の気配が感じられるのだ。

聖域のほころびとなった寄生型の魔物は、死神が女子生徒から剥《は》がしたあと退治したと神官から聞いている。同時に、魔物掃討の際、一匹だけ逃したという報告もあった。その一匹は、酔狂にも聖域のどこかにとどまっているようだった。

「捕らえてみるか」

目を閉じ「ん？」と首をかしげた。さっきまでたしかに感じられた魔物の気配が、今はまったく感じられないのだ。

「……消えた……？」

不自然な消失である。襲撃から五日もたっているのに息をひそめ森にとどまるのなら、逃げる気はないのだと高をくくっていたが、認識を誤ってしまったらしい。失敗したとは思ったが、彼はそれほど悔やんではいなかった。

なぜならすべては彼が思うまま――最後は彼が望むようになるからである。

新しい聖女が到着し、学園も日常を取り戻した。これ以上、地上にいる必要はない。

天空に枝葉を伸ばす大樹を見上げたとき、不快な気配が間近にあることに気づいた。

視線を地上に戻す。

森の奥、死神が近づいてくるのが見えた。

もう一度肉体を奪ってしまおうか。魔物が増え、聖女が不足したから死神を顕現《けんげん》させたが、千年を経ても女神を破壊した彼への怒りは収まってはいなかった。だから、しばらく放置し、役に立たないとわかるなり地神に命じて再び肉体を奪った。

気分は晴れなかったが、死神の存在が限りなく無に近い状態まですり潰《つぶ》されたことに満足した。

ゆえに死神が学園に訪れたときはひどく腹立たしく感じた。

その上、聖女たちが協議をし、死神は生を司る神でもあるという結論を勝手に下した。女神の死のうえに成り立った生を〝祝福〟だと判断したのだ。学園に呼び寄せた新しい聖女は、どうやら無能であるらしい。別の聖女を見繕う必要がある。

死神が生を司るなど片腹痛い。

ルシエルは荒々しい感情のままに腕を持ち上げ――ふっと動きを止める。

死神のそばにはエルファザードの第六王子とその侍従、そして、貧相な白金の髪の娘がいた。

「……たしか、アリア・アメリアだったかな」

死神がとりわけその娘を気にかけていたのは知っている。

寵愛《ちょうあい》を与え、力の行使を許したことも承知していた。

仮面で顔を隠し表情自体が乏しい死神だが、アリアに執着しているのは見て取れる。なぜだろう。どうしてあの娘にこだわるのだろう。そう疑問を抱いて、思い出した。顕現させた死神がとどまっていたのがアメリア男爵領——アリア・アメリアの父親が治めていた土地だということを。

「いいことを思いついた」

ルシエルは笑みを浮かべた。

千年前、死神は彼から女神を奪った。一番うまく作れた一番のお気に入りだったのに、ひどく醜い姿で事切れてしまった。

あのときの憤りを、死神にも与えてやろう。

「散歩かい」

声をかけると、死神たちが足を止めた。

「……失敗だった」

ぼそりと死神がつぶやく。仮面をはずすと意外にも表情が豊かなようで、怒りをあらわに睨《にら》みつけてきた。

「すみません、わたしのわがままで」

オロオロと貧相な娘――アリアが謝罪すると、死神の表情がわずかにやわらいだ。

魔方陣を使って黒狼を〝隠した〟のがハロルドであることをルシエルは知らない。黒狼から気を逸《そ》らすため、死神が率先してルシエルに近づいたこともちろん知らない。大嫌いなルシエルに自分から近づいたことを後悔した死神が、「やめておけばよかった」という意味で「失敗だった」とつぶやいたことも当然ながら気づくはずもない。なにせルシエルは、自分が嫌われるという経験が皆無だったのだから。

そして、黒狼を守りたがっているアリアの「わがまま」を叶《かな》え、死神がちょっとだけ満足していることも、やはり知るよしもないのである。

ただなんとなく不愉快だった。

そんな不快感をかかえたままルシエルはまじまじとアリアを観察する。

初見と変わらず、彼女はルシエルに怯《おび》えている。

はじまりの神を恐れるなど聖女候補生としてはあり得ない。死神が選んだだけあり欠陥品であるに違いない。

だが、たまには毛色の違う娘も悪くない。

ふっと微笑むと、死神が険しい表情でアリアを背に庇《かば》った。

「無礼だぞ。大神に向かってその態度はなんだ！」

地神が怒りをあらわに怒鳴った。雷鳴に似た怒声に、アリアは真《ま》っ青《さお》になって死神にしがみつく。

「落ち着くんだ、グランデューク。死神は顕現して間もないのだから」

ルシエルは寛容に死神の行動を許し、震えるアリアを見つめた。

不敬な反応が、今はなにより愉快に思えた。そう、これだ。この反応。これこそ求めていたものだ。

ルシエルは胸中でささやく。

警戒する死神と、死神を盲目的に信頼する娘。二人のあいだに生まれた絆《きずな》にほくそ笑む。

絆を壊し奪い去るのはどれほど痛快だろう。

大切な者を失ったときの死神の絶望を思うとぞくぞくした。

「アリア・アメリア、歓迎するよ。新たな聖女よ」

ルシエルは死神を無視し、硬直するアリアの手を取って口づける。

華やかな笑みの下に残忍な本性を隠しつつ、はじまりの神は色を失うアリアに満足し、その手を放す。

「上に戻っても暇だし、僕もしばらく下にいようかな」

「地上に残るおつもりですか⁉　承服いたしかねます！　地上の御所《ごしょ》は仮の宿。大神にはあまりに質素で滞在には不向きです。一体どこで過ごされるというのですか⁉」

仰天する地神に、ルシエルは事もなげに告げた。

「学園だよ」

雨の日に雷鳴とともに降臨するのが神だ。けれど、その〝常識〟をくつがえしてでも残る価値が、今の学園にはある。

「これからよろしくね、アリア」

新たな波乱の芽は、そう告げると片目をつぶってみせた。

あとがき

『男爵家の嫌われ令嬢』をお手に取ってくださってありがとうございます！　作者の梨沙と申します。

ベースは日本神話ですが、西洋風にアレンジしたら神様と人間の距離感がギリシャ神話風と編集の女神様に言われ、「たしかに！」と納得し、神話っていろんなところに類似点があるんだなあとしみじみ思った本作品、いかがだったでしょうか？

個人的には四つつらなった漢字に燃えるので「絶対領域」「広域結界」「重過領域」など、中二病全開で楽しかったです。とはいえ、初稿の段階ではかなり迷走し、後半を大改稿し、納得いかずに全没にしようとして編集さんに止められ、紆余曲折しながらのお届けになったのが本作です。ほ、本当に、世に出たのが奇跡というか……一迅社さんの粘り強いご指導の賜物というか……納得いく形になるまで根気強く付き合っていただき感謝の言葉もありません。ちなみに初稿のディアグレスは今以上に意思疎通ができないヤバい感じのキャラでした。黒狼《シーザー》も捕まったり、学園に地下があったり、学園からみんなで去ったりと「あれ？　学園ものじゃなかったっけ？」と、最終稿とはかなり展開が違いました。ディアグレスの魔物バージョンも改稿の際に追加したエピソードです。美少年バージョンも！　イラスト入ってめちゃ嬉しい！（素）

　さて、そんな本作ですが、アリア・アメリアはテンポよく記憶に残りやすい名前にし、ディアグレスは格好いい名前を意識しています。そして、神様の中には属性をイメージして名前がつけられているキャラがいます。大地を司る神グランデュークが「大地」＝「グラウンド」をもじったみたいに（※大公《グランドデューク》とネタ元は別）。もじりに気づいたらにやりとしてくださると嬉しいです。

　本作に素敵な華を添えてくださった鳥飼やすゆき先生、ありがとうございました！　表紙のラフ、アリアがかわいいうえにディアグレスがめちゃくちゃ美しくて、それがカラーになったときは感動でした。制服のデッサン、挿絵などなど、届くたびに体調不良が吹き飛ぶくらいわくわくしてました。幸せ。

　いっしょに悩んでくださった編集の女神様にも感謝。創作の難しさと楽しさを再確認しました。今できるベストをお届けできてよかったです。

　そして、本を手に取ってくださったすべての皆様も、本当にありがとうございました。まだまだ語りたいことがたくさんありますが、スペースの都合で終わっちゃうのが寂しい！　また次の作品でお会いできることを祈りつつ。

二〇二四年一〇月　梨沙

IRIS ICHIJINSHA

男爵家《だんしゃくけ》の嫌《きら》われ令嬢《れいじょう》
—聖女《せいじょ》のための学園《がくえん》に入学《にゅうがく》したら、
忌《い》み神様《かみさま》の花嫁《はなよめ》に選《えら》ばれました!?—

2024年11月1日　初版発行

著　者■梨沙
発行者■野内雅宏
発行所■株式会社一迅社
〒160-0022
東京都新宿区新宿3-1-13
京王新宿追分ビル5F
電話03-5312-7432（編集）
電話03-5312-6150（販売）
発売元：株式会社講談社
（講談社・一迅社）

印刷所・製本■大日本印刷株式会社
ＤＴＰ■株式会社三協美術

装　幀■小沼早苗(Gibbon)

ISBN978-4-7580-9683-6

この本を読んでのご意見
ご感想などをお寄せください。

おたよりの宛て先

〒160-0022
東京都新宿区新宿3-1-13
京王新宿追分ビル5F
株式会社一迅社　ノベル編集部
梨沙《りさ》 先生・鳥飼《とりかい》やすゆき 先生